_____ 님께

_____ 드림

산천의 봄은 흙에서 가장 가까운 곳에서부터 옵니다.
세상의 봄은 무성한 들풀들의 아우성 속에서 옵니다.

신 영 복

처음처럼

신영복의 언약

처음처럼
신영복의 언약

신영복 글·그림

2016년 2월 22일 개정신판 1쇄 발행
2024년 9월 2일 개정신판 17쇄 발행
2007년 2월 1일 초판 1쇄 발행

펴낸이	한철희
펴낸곳	돌베개
등록	1979년 8월 25일 제406-2003-000018호
주소	(10881) 경기도 파주시 회동길 77-20 (문발동)
전화	(031) 955-5020
팩스	(031) 955-5050
홈페이지	www.dolbegae.co.kr
전자우편	book@dolbegae.co.kr
블로그	blog.naver.com/imdol79
트위터	@Dolbegae79

주간	김수한
책임편집	이경아
디자인	김동신·이은정·이연경
마케팅	심찬식·고운성
제작·관리	윤국중·이수민
인쇄·제본	영신사

ISBN 978-89-7199-711-6 03810

책값은 뒤표지에 있습니다.

신영복 글·그림

처음처럼

신영복의 언약

돌베개

"확고한 신념을 가지고,

길게 보면서,

먼 길을 함께 걸었으면 합니다.

저도 그 길에 동행할 것을 약속드리지요."

— 신영복의 마지막 인터뷰에서

일러두기

1 이 책은 2015년 11월 병상에 계신 저자가 새로 추리고 수정, 보완하여 건네주신 원고를 바탕으로 돌베개 편집부에서 새로이 엮은 것입니다.

2 이번 개정신판은 초판과 달라진 부분이 적지 않음을 밝혀 둡니다. 첫 글 「처음처럼」과 마지막 글 「석과불식」만 그대로 두고 전체 구성을 대폭 바꾸었으며, 삭제하거나 교체하고 추가한 원고(주로 수형 생활의 일화 를 담은 3부, 2007년 초판 출간 이후 새로 쓰신 글 등)가 많아 초판에 비 해 3분의 1 가량 분량이 늘었습니다.

3 저자가 제목을 바꾸거나 내용을 부분 첨삭한 글, 그림을 교체한 경우도 많습니다.

4 저자의 병세가 위중하여 개정신판의 서문을 새로 쓰실 수 없었습니다. 그 의미와 뜻이 한결같은 『처음처럼』 초판 서문 「수많은 '처음'」을 옮겨 싣습니다.

5 앞면의 인용문은 2015년 10월 26일 서울시평생교육진흥원 웹진 『다들』 과 가진 저자의 마지막 인터뷰에서 발췌하였습니다.

『처음처럼』은 글과 글씨와 그림을 정성들여 편집한 책이어서 한편으로는 책을 만든 분들에게 고마운 마음을 금치 못하면서도 또 한편으로는 몇 가지 설명을 해야 할 필요를 느낍니다. 특히 그림에 대해서 그렇습니다. 그동안 필자가 쓴 글들은 여러 권의 책으로 소개되었고, 글씨 역시 서예전 출품작, 현판, 비문, 제호 등으로 자주 소개되었습니다. 이에 비하여 그림의 경우는 따로 내놓을 정도가 못 되기도 하지만 거의 소개된 일이 없었습니다.

1993년 2월에 『감옥으로부터의 사색』의 영인본 『엽서』가 출간되면서 처음으로 알려진 셈인데, 집으로 보낸 엽서 아래쪽 구석에 작은 그림이 앉아 있었습니다. 그 작은 그림들은 옥중 서신의 어깨너머 독자인 어린 조카들을 위한 것이었지만 엽서의 분위기를 조금이나마 밝게 만들어 주기도 하였습니다. 그리고 1995년 3월의 서예전에 출품된 작품 중에 그림이 들어 있는 것도 있었습니다.

이후 그림이 외부에 소개된 계기는 아마 일간 신문에 연재되었던 기행문의 삽화라고 할 수 있습니다. 국내 기행문과 해외 기행문의 삽화를 필자가 손수 그리게 된 이유는 화

7

가 한 사람이 동행하면 그만큼 비용이 더 들기 때문이었습니다. 순전히 비용 때문에 시작된 것이지만 필자로서는 자기 글에 넣는 삽화여서 부담이 적었을 뿐 아니라 특히 글에 채 담지 못한 것들을 삽화로 보충할 수 있어서 글 쓰는 부담이 조금은 줄었습니다. 그림이 언어의 경직된 논리를 부드럽게 해 주기도 하였고 또 그림 그 자체가 여백이 되어 독자들 나름의 글 읽기를 돕기도 했던 셈입니다.

비난보다는 칭찬이 귀에 더 잘 들리는 법이지만 그 후 여러 사람들의 요구도 있어서 인터넷 홈페이지에 글씨와 그림 그리고 서화 작품이 올려졌고, 서화집의 형태로 아예 책으로 만들자는 제안도 여러 차례 나왔습니다. 필자가 가장 부담스러웠던 것은 이미 출간된 글들을 다시 싣는다는 사실이었습니다. 더구나 문장의 일부를 따로 떼어서 싣는다는 것도 무리라 생각되었습니다. 특히 『감옥으로부터의 사색』에 실린 글들은 좁은 엽서에 갇혀 있는 글이었을 뿐 아니라 당국의 검열과 그 위에 자기 검열이라는 이중의 제약으로 지나치게 절삭(切削)된 글이었기 때문입니다.

신문에 연재된 기행문 역시 갇힌 글이기는 마찬가지였습

니다. 일간 신문의 지면이란 매우 한정된 공간일 뿐 아니라 그 자체가 공적 공간이었습니다. 이러한 글들이란 나로서는 '다시 쓰고 싶은 편지'가 아닐 수 없습니다. 차마 쓰지 못하고 행간에 묻어 둔 이야기가 더 많은 글이기 때문입니다. 글이란 아무리 부연하더라도 정의(情意)를 다 담을 수 없는 부족한 그릇이어서 더욱 그렇습니다.

그러나 막상 글보다 더 망설여졌던 부분은 그림이었습니다. 비록 자기 글의 삽화였다고 하지만 글이 줄어들고 상대적으로 그림의 비중이 더 커지면서 그 부족함이 여실히 드러나고 있기 때문입니다. 옥중 서신의 아래쪽에 조용히 앉아 있거나 기행문의 도우미 같은 위치에서 갑자기 격상된 자리에 올라앉아 그렇게 된 것입니다. 사람이 분에 넘치는 자리에 앉아 흠결이 더욱 드러나는 경우와 다르지 않습니다.

이러저러한 이유로 망설여졌던 책입니다. 책을 내면서 그나마 위로가 되는 것은 이 책의 엮은이입니다. 엮은이 두 사람은 그동안 여기저기 흩어져 있는 글과 그림을 모으고 줄곧 관리해 왔고 어쩌면 이 책의 의미에 대하여 가장 객관적인 생각을 가지고 있는 사람들이라고 할 수 있습니다. 그래

9

서 나는 다만 따르기만 하면 되겠다 싶은 마음이 들기도 했습니다.

이 책을 만드는 동안 기획자와 엮은이가 거듭 좋은 쪽으로 이야기하였음은 물론입니다. 쉽게 접할 수 있고, 가볍게 읽을 수 있다는 것도 대단한 기동력이며, 오히려 독자를 배려하는 것이기도 하다고 이 책의 의미를 강변하고 있지만, 그럼에도 불구하고 나로서는 매우 미안한 책이며 선뜻 내키지 않는 책이었습니다. 물론 이번 책을 준비하는 동안에 글을 새로 쓰고 그림을 다시 그리기도 하였지만 대부분은 이미 있는 글과 그림을 모아서 편집한 것입니다. 독자들로서는 이미 알고 있는 글이고 그림일 수밖에 없습니다. 양해를 바라마지 않습니다.

우리의 삶이란 흔히 여행에 비유하기도 합니다만 일생 동안에 가장 먼 여행은 바로 '머리에서 가슴까지의 여행'이라고 합니다. 이것은 이성(cool head)과 감성(warm heart)의 거리를 이야기하는 것이기도 하고 지식과 품성의 차이를 이야기하는 것이기도 합니다. 『처음처럼』에 나란히 놓인 글과 그림의 이야기도 이와 크게 다르지 않다고 할 수 있습니다.

언어의 관념성과 경직성이 그림으로 하여 조금은 구체화되고 정감적이 되기를 바라는 마음입니다. 더구나 절삭된 글 특유의 빈 곳을 그림이나 글씨가 조금이나마 채워 줌으로써 그 긴 여정에 조금이라도 도움이 될 수 있기를 바랍니다.

그리고 이러한 가슴의 공감들이 또 하나의 가장 먼 여행인 '가슴에서 발까지의 여행'으로 이어지기를 바랍니다. 머리에서 가슴으로, 가슴에서 다시 발에 이르는 긴 여정의 새로운 시작이 되기를 바랍니다. '발'은 삶의 현장이며, 땅이며, 숲이라 할 수 있습니다. 우리의 삶이 지향해야 하는 여정이란 결국 개인으로서의 완성을 넘어 숲으로 가는 여정이기 때문입니다. 나무의 완성이 명목(名木)이나 낙락장송(落落長松)이 아니라 수많은 나무가 함께 살아가는 '숲'이기 때문에 그렇습니다.

이 책은 '처음처럼'에서 시작하여 '석과불식'(碩果不食)으로 끝나고 있습니다. 이러한 기획 의도를 필자는 물론 많은 독자들도 공감하리라 믿습니다. 지금까지 필자가 많은 사람들과 공유하고자 했던 일관된 주제가 있다면 아마 역경(逆境)을 견디는 자세에 관한 것이었다고 할 수 있습니다. 역경을 견디는 방법은 처음의 마음을 잃지 않는 것이며, 처음의 마음을 잃지 않기 위해서는 '수많은 처음'을 꾸준히 만들어 내는 길밖에 없다고 할 것입니다.

수많은 처음이란 결국 끊임없는 성찰(省察)이 아닐 수 없습니다. 나목이 잎사귀를 떨고 자신을 냉정하게 직시하는 성찰의 자세가 바로 석과불식의 진정한 의미라고 할 수 있습니다. 석과불식의 의미는 씨 과실을 먹지 않고 땅에 묻는 것입니다. 개인적인 어려움이든 한 사회의 어려움이든 역경을 견디는 자세에 관한 한 크게 다르지 않다고 생각합니다. 따라서 '처음처럼'의 뜻과 '석과불식'의 의미가 다르지 않고 그 사이에 자리하고 있는 이 책의 모든 글들도 이러한 주제에서 크게 벗어나지 않은 이야기들이라 할 수 있습니다.

『처음처럼』은 어쩌면 독자들이 이미 알고 있는 새삼스러울 것 없는 이야기들이라 할 수 있습니다. 그러나 돌이켜보면 서로 이야기한다는 것은 이미 알고 있는 것을 함께 확인하고, 위로하고, 그리하여 작은 약속을 이끌어 내는 것에 다름 아니라고 생각합니다. 그렇기 때문에 여기에 실린 이야기와 그림들은 사실 많은 사람들의 앨범에도 꽂혀 있는 그림들입니다. 독자들은 각자 자신의 앨범을 열고 자신의 그림들을 확인하는 것으로 충분하다고 할 수 있습니다. 이 책이 그러한 공감의 작은 계기가 되기를 바랄 뿐입니다. 숲으로 가는 긴 여정의 짧은 길동무이기를 바랄 뿐입니다.

끝으로 기획의 전 과정을 맡아서 고생하신 양선우 편집장과 편집팀 여러분, 그리고 이승혁*·장지숙 두 분 엮은이에게 다시 한 번 감사를 드립니다.

미산리 개인산방에서 얼음강 물소리 들으며

신영복

* 2015년 유명을 달리하신 『처음처럼』 초판본의 엮은이 고(故) 이승혁 님의 명복을 빕니다. —편집자주

차
례

꿈보다 깸이 먼저입니다

1부

처음처럼

처음으로 하늘을 만나는 어린 새처럼, 처음으로 땅을 밟는 새싹처럼, 우리는 하루가 저무는 겨울 저녁에도 마치 아침처럼, 새봄처럼, 처음처럼 언제나 새날을 시작하고 있습니다. 산다는 것은 수많은 처음을 만들어 가는 끊임없는 시작입니다.

소
나
무

연초록 봄빛이 가장 먼저 나타나는 것은 양지의 풀밭이나
버들가지가 아니라 무심히 지나쳐 버리던 솔잎이었습니다.
꼿꼿이 선 채로 겨울과 싸워 온 소나무 잎새에 가장 먼저 봄
빛이 피어난다는 사실은 우리가 다만 잊고 있었을 뿐 생각
하면 너무나 당연한 일이 아닐 수 없습니다.

미루나무 가지 끝에 새봄이 왔습니다. 새끼를 먹이느라 어미 새가 쉴 틈이 없습니다. 새끼가 무엇인지? 어미가 무엇인지? 아마 새끼는 어미 새의 새봄인가 봅니다.

산천의 봄

산천의 봄은 흙에서 가장 가까운 곳에서부터 옵니다. 얼음
이 박힌 흙살을 헤치고 제 힘으로 일어서는 들풀들의 합창
속에서 옵니다. 세상의 봄도 다르지 않습니다. 사람들 사이
에 박힌 불신이 사라지고 갇혀 있던 역량들이 해방될 때 세
상의 봄은 옵니다. 산천의 봄과 마찬가지로 무성한 들풀들
의 아우성 속에서 옵니다. 모든 것을 넉넉히 포용하면서 어
김없이 옵니다.

꽃
과
나
비

"꽃과 나비는 부모가 돌보지 않아도 저렇게 아름답게 자라
지 않느냐."
어린 아들에게 이 말을 유언으로 남기고 돌아가신 분이 있
습니다.

꿈

우리는 새로운 꿈을 설계하기 전에
먼저 모든 종류의 꿈에서 깨어 나야합니다.
꿈보다 깸이 먼저입니다.

꿈은 꾸어오는 것입니다.
그렇기 때문에
어디서, 누구한테서 꾸어올 것인지
생각해야 합니다.
그리고 꿈과동시에
갚을준비를 시작해야 합니다.

그리고 잊지 말아야 하는 것은
깸은 여럿이 함께해야 한다는 사실입니다.
집단적 몽유夢遊는
집단적 각성覺醒에 의해서만
깨어날수 있기 때문입니다.

水 수

최고의 선(善)은 물과 같습니다(上善若水). 첫째, 만물을 이롭게 하기 때문입니다(善利萬物). 둘째, 모든 사람들이 싫어하는 낮은 곳에 자신을 두기 때문입니다(處衆人之所惡). 셋째, 다투지 않기 때문입니다(夫唯不爭). 산이 가로막으면 돌아갑니다. 분지를 만나면 그 빈 곳을 가득 채운 다음 나아갑니다. 마음을 비우고(心善淵) 때가 무르익어야 움직입니다(動善時). 결코 무리하게 하는 법이 없기 때문에 허물이 없습니다(無尤).

물은 낮은 곳으로 흘러서 바다가 됩니다.

신정

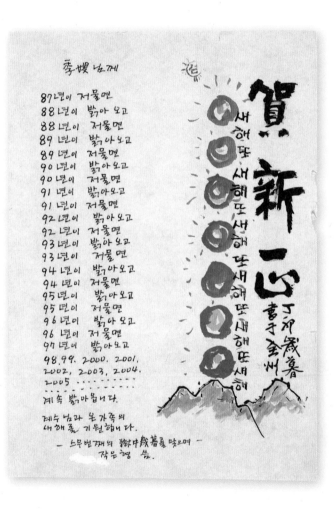

진선진미

목표의 올바름을 선(善)이라 하고 그 목표에 이르는 과정의 올바름을 미(美)라 합니다. 목표와 과정이 함께 올바른 때를 일컬어 진선진미(盡善盡美)라 합니다. 목표가 바르지 않고 그 과정이 바를 수가 없으며, 반대로 그 과정이 바르지 않고 그 목표가 바르지 못합니다. 목표와 과정은 하나입니다.

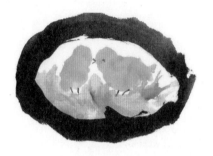

줄탁동시

병아리가 알 속에서 우는 소리를 내면
어미가 밖에서 껍질을 쪼아 새로운 생명이 세상에 태어납니다.
모든 새로운 탄생을 알리는 줄(啐)과 탁(啄)은
동시(同時)에 이루어져야 합니다.

어느 목공의 귀재(鬼才)가 나무로 새를 깎아 하늘에 날렸는데 사흘이 지나도 내려오지 않았다고 합니다. 그러나 그 뛰어난 솜씨가 생활에 보태는 도움에 있어서는 수레바퀴를 짜는 평범한 목수를 따르지 못합니다.

당무유용
當無有用

진흙을 이겨서 그릇을 만들지만 그릇은 그 속이 '비어 있음'(無)으로 해서 그릇으로서의 쓰임이 생깁니다. 유(有)가 이로움이 되는 것은 무(無)가 용(用)이 되기 때문입니다. 찻잔 한 개를 고르는 우리의 마음을 반성하게 합니다. 우리가 주목하는 것은 모양이나 무늬 등 그것의 유(有)에 한정되어 있을 뿐 그 비어 있음에 생각이 미치는 경우는 드뭅니다.

當無有用

埏埴以為器當其無有器之用

老子句乙亥新春 春水里生牛耳

샘터 찬물

샘터 찬물

36

찬
물
세
수

어지러운 꿈을 헹구어 새벽 맑은 정신을 깨우는 맑고 차가
운 샘이 있어야 합니다. 가까운 곳에 두고 자주 찾을 수 있어
야 합니다. 우리를 잠재우는 수많은 최면의 문화가 곳곳에
도사리고 있기 때문입니다.

훈
도

아름다운 도자기가 익고 있는 가마의 아궁이 앞에 앉아서
생각합니다. 우리의 삶을 저마다의 훌륭한 예술품으로 훈도
(薰陶)해 줄 커다란 가마를 생각합니다.

아
픔
한

조
각

나의 아픔이 세상의 수많은 아픔의 한 조각임을 깨닫고 나
의 기쁨이 누군가의 기쁨이 되기를 바라는 마음이 우리의
삶을 더욱 아름답게 만들어 줍니다.

큰
슬
픔
작
은
기
쁨

큰 슬픔을 견디기 위해서 반드시 그만한 크기의 기쁨이 필요한 것은 아닙니다. 때로는 작은 기쁨 하나가 큰 슬픔을 견디게 합니다. 우리는 작은 기쁨에 대하여 인색해서는 안 됩니다. 마찬가지로 큰 슬픔에 절망해서도 안 됩니다. 우리의 일상은 작은 기쁨과 우연한 만남으로 가득 차 있기 때문입니다.

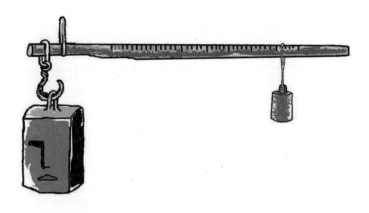

비
상

높이 나는 새는 몸을 가볍게 하기 위하여 많은 것을 버립니다. 심지어 뼛속까지 비워야(骨空) 합니다. 무심히 하늘을 나는 새 한 마리가 가르치는 이야기입니다.

바둑에서는 집이 크면 이깁니다. 그러나 우리가 살아가는 삶에 있어서는 집이 사람보다 크면 사람이 상한다고 합니다. 사람의 크기를 측정하기는 쉽지 않지만 사람과 집의 크기를 비교하는 까닭은 짐작이 갑니다. 비슷해야 하는 것은 사람과 집의 크기만이 아닙니다. 사람과 그 사람이 앉아 있는 의자의 크기도 비슷해야 합니다. 의상도 마찬가지입니다.

사랑과 증오

증오하는 경우든 증오를 받는 경우든 실로 견디기 어려운 고통과 불행이 수반되게 마련이지만, 증오는 '있는 모순(矛盾)'을 유화(宥和)하거나 은폐함이 없기 때문에 피차의 입장과 차이를 선명히 드러내 줍니다. 그러므로 우리는 증오의 안받침이 없는 사랑의 이야기를 신뢰하지 않습니다. 왜냐하면 증오는 '사랑의 방법'이기 때문입니다.

대
화
는

애
정

진정한 대화는
애정으로 포용하는 것입니다.

아품과 기쁨의 교직

우리는 아품과 기쁨으로 뜨개질한 의복을 입고 저마다의 인생을 걸어가고 있습니다. 환희와 비탄, 빛과 그림자 이 둘을 동시에 승인하는 것이야말로 우리의 삶을 정면에서 직시하는 용기이고 지혜입니다.

높은
곳

높은 곳에서 일할 때의 어려움은 무엇보다도 글씨가 바른지
비뚤어졌는지 알 수 없다는 사실입니다. 낮은 곳에 있는 사
람들에게 부지런히 물어보는 방법밖에 없습니다.

히말라야의 높은 산에 살고 있는 토끼가 주의해야 하는 것
은 자기가 평지에 살고 있는 코끼리보다 크다는 착각을 하
지 않는 것이라고 합니다.

섬사람에게 해는 바다에서 떠서 바다로 지며, 산골사람에게 해는 산봉우리에서 떠서 산봉우리로 지는 것입니다. 이것은 섬사람과 산골사람이 서로를 설득할 수 없는 확고한 '사실' 이 됩니다. 지구의 자전을 아는 사람은 이를 어리석다고 하지만 바다와 산에서 뜨지 않는 해는 없습니다. 있다면 그곳은 머릿속일 뿐입니다. 바다와 산이라는 현장은 존중되어야 합니다. 현장에 튼튼히 발 딛고 있는 그 생각의 확실함이 곧 저마다의 진실이기 때문입니다. '우주는 참여하는 우주'이며 순수한 의미의 관찰, 즉 대상으로부터 완전히 독립된 가치중립적 관찰이란 있을 수 없습니다. 경험이 비록 일면적이고 주관적이라는 한계를 갖는 것이기는 하나, 아직도 가치중립이라는 창백한 관념성을 채 벗어 버리지 못하고 있는 나로서는, 경험을 인식의 기초로 삼고 있는 사람들의 공고한 신념이 부러우며, 경험이라는 대지에 튼튼히 발 딛고 있는 그 생각의 '확실함'을 배우고 싶습니다.

동굴에서 사는 사람은 동굴의 아궁이를 동쪽이라고 생각합니다. 우리는 각자의 처지에서 스스로의 생각을 간추리지 않을 수 없습니다. 대부분의 사람들은 이 주관의 양을 조금이라도 더 줄이고 객관적인 견해를 더 많이 수입하려고 합니다. 주관은 궁벽한 것이고 객관은 보편적이며, 주관은 객관으로 발전하지 못하고 객관은 주관을 기초로 하지 않는다고 생각하기 때문입니다. 그러나 그럴 경우 우리가 발 디딜수 있는 객관적 입장이 존재하지 않는다는 사실에 부딪치게됩니다. 그렇기 때문에 우리의 생각을 온당하게 키워 가기위해서는 저마다 그'곳'의 고유한 주관에 충실함으로써 오히려 객관의 지평을 열어 가는 순서를 밟지 않을 수 없습니다. 그러한 경로야말로 객관이 빠지기 쉬운 방관과 도피로부터 우리의 생각을 옳게 지킬 수 있다고 생각합니다. 남는 문제는 각자가 발 딛고 있는 그'곳'의 위치와 성격입니다. 동굴의 우상을 벗어나는 방법은 결국 동굴의 선택 문제이며 참여점(entry point)의 문제로 환원된다고 할 수 있습니다. 『논어』에 "인(仁)에 거(居)하는 것이 아름답다"(里仁爲美)고 한 까닭이 이와 같습니다.

우공이산
愚公移山

태항산(太行山)과 왕옥산(王玉山) 사이의 좁은 땅에 우공(愚公)이라는 아흔이 넘은 노인이 살고 있었습니다. 큰 산이 앞뒤를 막고 있어서 가족들과 두 산을 옮기기로 의논을 모았습니다. 우공은 세 아들과 손자들을 데리고 돌을 깨고 흙을 파서 삼태기로 발해(渤海)까지 갖다 버리기 시작했습니다. 흙을 파는 것도 큰일이지만 파낸 흙을 버리기 위해서 발해까지 갔다 돌아오는 데 꼬박 일 년이 걸렸습니다. 지수(智叟)라는 사람이 '죽을 날이 멀지 않은 노인이 정말 망령'이라며 비웃었습니다. 우공이 말했습니다. "내가 죽으면 아들이 계속하고, 아들이 죽으면 또 손자가 그 일을 잇고 그리하여 자자손손(子子孫孫) 계속하면 산은 유한하고 자손은 무한할 터인즉 언젠가는 저 두 산이 평평해질 날이 오겠지요." 우공의 끈기에 감동한 옥황상제가 태항산은 삭동(朔東) 땅으로, 왕옥산은 옹남(雍南) 땅으로 옮겨 주었습니다. 마오쩌둥은 우공이산의 우화 중에서 옥황상제가 산을 옮겨 주었다는 부분을 민중이 각성함으로써 거대한 역사를 이룩한다는 내용으로 바꾸었습니다.

愚公移山

어리석은 사람들의 우직함이 세상을 바꾸어 갑니다.

성재

팽이가 가장 꼿꼿이 서 있는 때를 일컬어 졸고 있다고 하며
시냇물이 담(潭)을 이루어 멎을 때 문득 소리가 사라지는
것과 같이 묵언(黙言)은 역동(力動)을 준비하는 내성(內省)
의 고요입니다.

百川學海
백천학해

모든 시내가 바다를 배운다는 것은 모든 시내가 바다를 향하여 나아간다는 뜻입니다. 더 낮은 곳으로 내려간다는 뜻입니다. 배운다는 것은 자기를 낮추는 것입니다.

자
기

이
유

자유는 자기(自己)의 이유(理由)로 걸어가는 것입니다.

지
남
철

북극을 가리키는
지남철은
무엇이 두려운지
항상 바늘끝을 떨고 있다.
여무린 바늘끝이 떨고 있는한
우리는 그 바늘이
가리키는 방향을
믿어도 좋다.
만일 그 바늘끝이
불안한 전율을 멈추고
어느한 쪽에 고정될때
우리는 그것을
버려야 한다.
이미 지남철이
아니기 때문이다.

서흠없근 쉬제

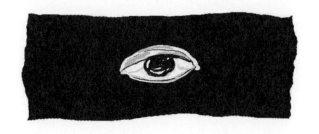

오늘과 내일 사이

어제가 불행한 사람은 십중팔구 오늘도 불행하고, 오늘이 불행한 사람은 십중팔구 내일도 불행합니다. 어제 저녁에 덮고 잔 이불 속에서 오늘 아침을 맞이하기 때문입니다. 그러나 누구에게나 어제와 오늘 사이에는 '밤'이 있습니다. 이 밤의 역사는 불행의 연쇄를 끊을 수 있는 유일한 가능성입니다. 밤의 한복판에 서 있는 당신은 잠들지 말아야 합니다. 새벽을 위하여 꼿꼿이 서서 밤을 이겨야 합니다.

과
거
의

무
게

과거를 다시 체험하고 그 속에 담긴 의미를 재구성하는 일
은 과거로 돌아가는 것이 아니라 현재의 자기 자신과 정면
으로 대면하는 일입니다. 나는 어린 시절부터 지금에 이르
기까지 내가 겪었던 모든 일들과 내가 만났던 모든 사람들
을 세세히 추억하는 긴긴 겨울밤을 좋아합니다. 까마득히
잊어버렸던 일들을 건져내기도 하고, 사소한 일에 담겨 있
는 의외로 큰 의미에 놀라기도 하고, 극히 개인적인 사건으
로 알았던 일에서 넘치는 사회적 의미를 발견하기도 하였
습니다. 심지어는 만나고 헤어진다는 일이 정반대의 의미로
남아 있는 경우도 없지 않아 새삼 놀람을 금치 못할 때도 있
습니다. 그리고 이러한 모든 것에서 만나는 것은 언제나 나
자신의 이러저러한 지금의 모습입니다.

　그래서 겨울밤의 사색은 손 시린 겨울 빨래처럼 마음 내
키지 않은 때도 있지만, 이는 자기와의 대면의 시간이며 자
기 해방의 시간이기 때문에 소중히 다스리지 않을 수 없습
니다. 과거를 파헤치지 않고 어찌 그 완고한 정지(停止)를
일으켜 세울 수 있으며, 과거로부터 자유롭지 않고서 어찌
새로운 것으로 나아갈 수 있으랴 싶습니다.

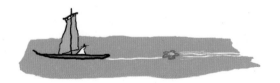

어
제
의
결
실

어제의 수고가 영글어 오늘의 결실로 나타나듯이 오늘의 수
고가 영글어 내일의 결실이 됩니다. 희망은 언제나 어제와
오늘의 수고 속에서 영글어 가는 열매입니다.

새
해

세모(歲暮)에 지난 한 해 동안의 고통을 잊어버리는 것은 삶의 지혜입니다. 그러나 그것을 잊지 않고 간직하는 것은 용기입니다. 나는 이 겨울의 한복판에서 무엇을 자르고, 무엇을 잊으며, 무엇을 간직해야 할지 생각해 봅니다.

61

일
몰

오늘 저녁의 일몰(日沒)에서 내일 아침의 일출(日出)을 읽
는 마음이 지성(知性)입니다.

새
벽

밤과 아침 사이,
아픔과 기쁨 사이,
절망과 희망 사이,
거기 우리가 서 있는 곳,
새벽이 동터 오는 곳.

꽃이 되어
바람이 되어

花明故土 風移新天

꽃이 되어
바람이 되어

"꽃이 되어 이 땅을 지키고 바람이 되어 새날을 연다."
(花明故土 風移新天)

과거와 미래, 전통과 창조, 감성과 이성, 계승과 혁신.

이것을 하나로 아우르는 노력이 이 땅을 지켜 갈 것입니다.

언약은 강물처럼

언약은 강물처럼 흐르고
만남은 꽃처럼 피어나리.

강 언덕에 올라 흘러가는 강물에
마음을 띄웁니다.
떠나간 사람들을 생각합니다.
그리고 함께 나누었던
수많은 약속들을 생각합니다.

때늦은 회한을
응어리로 앓지 않기 위해서
그리고 언젠가는 한 송이 빛나는 꽃으로 피어나기 위해서
우리는 강 언덕에 올라
이름을 불러야 합니다.

言約은 강물처럼 흐르고
만남은 꽃처럼 피어나리。

서울 밤내 냇골에서 신지

시
중

절충이나 종합은 흔히 은폐와 호도(糊塗)의 다른 이름일 뿐, 역사의 특정한 시점에서는 그 사회, 그 시대가 당면하고 있는 객관적 제조건에 비추어, 비록 상당한 진리를 내포하고 있는 주장이라 하더라도 그 경중, 선후를 준별하고 하나를 다른 하나에 종속시키는 실천적 파당성(派黨性)이 도리어 '시중'(時中)의 진의이며 중용의 본도(本道)라고 생각됩니다.

時中

隨時處中

牛耳

69

유각양춘

당(唐)나라 현종(玄宗) 때의 재상 송경(宋璟)은 따스한 봄
볕 같은 인품으로 칭송을 받았습니다. 백성들을 사랑하고
물건을 아껴서 그가 가는 곳마다 풍속이 아름다워졌습니다.
그래서 그를 일컬어 "다리가 있는 따뜻한 봄"(有脚陽春)이
라고 불렀다고 합니다.

有腳陽春

宋璟愛民恤物如朝野歸美時人咸謂璟為有腳陽春言所至之處如陽春煦物也

午耳

和而不流
화이불류

화합하되 휩쓸리지는 않습니다.

사과 장수는 사과나무가 아니면서 사과를 팔고
정직하지 않은 사람이 정직한 말을 파는 세로(世路)에서
발파멱월(撥波覓月), 강물을 헤쳐서 달을 찾고
우산을 먼저 보고 비를 나중 보는
어리석음이 부끄러워지는 계절,
남들의 세상에 세들어 살 듯
낮게 살아온 사람들 틈바구니 신발 한 켤레의 토지에 서서
가을이면 먼저 어리석은 지혜의 껍질들은
낙엽처럼 떨고 싶습니다.
군자여향(君子如響), 종소리처럼 묻는 말에 대답하며
빈 몸으로 서고 싶습니다.

춘
풍
추
상

"대인춘풍 지기추상"(待人春風 持己秋霜)

남을 대하기는 춘풍처럼 관대하게 하고, 자기를 지키기는 추상처럼 엄정하게 해야 합니다. 그러나 우리가 하는 일을 돌이켜보면 이와는 정반대인 경우가 대부분입니다. 남의 잘못은 냉혹하게 평가하는가 하면 자기의 잘못에 대해서는 지나치게 관대합니다. 자기의 경우는 그럴 수밖에 없었던 불가피한 전후 사정을 잘 알고 있지만, 남의 경우는 그러한 사정에 대하여 전혀 무지하거나 알더라도 극히 일부분밖에 이해하지 못하고 있기 때문입니다. 그렇기 때문에 최소한의 형평성을 잃지 않기 위해서라도 우리는 타인에게는 춘풍처럼 너그러워야 하고 자신에게는 추상처럼 엄격해야 할 것입니다. 그것이 대화와 소통의 전제입니다.

霸秋風春

待人春風 持己秋霜

無鑑於水

無鑑
於水

무
감
어
수

옛사람들에게는 물에 얼굴을 비추지 말라는 경구가 있었습
니다. 물을 거울로 삼던 시절의 이야기입니다. 거울에 비치
는 겉모습에 현혹되지 말고, 경어인(鏡於人), 모름지기 사람
들 속에 자신을 세우고 사람을 거울로 삼아 자신을 비추어
보기를 가르치는 경구입니다.

유
항
산

有
恒
産

한결같은 마음을 가질 수 있기 위해서는 그것을 뒷받침해
주는 물적 토대가 마련되어야 한다(無恒産者 無恒心)는 것
은 옳은 말입니다. 자본주의 사회에서 살아가고 있는 우리
들에게 항산(恒産)이 얼마나 중요한 것인가에 대해서는 말
할 필요가 없습니다. 그러나 아쉬운 것은 항산이 있음에도
불구하고 항심을 갖기가 어려운 오늘의 현실입니다. 얼마
만큼의 소유가 항산이 될 수 있는지, 그리고 왜 항산이 항심
을 지켜 주지 못하는가에 대하여 다시 생각하지 않을 수 없
습니다. 무항심의 원인이 더 이상 무항산에 있지 않다면 항
산을 먼저 마련하고자 하는 순서를 바꾸어야 하는 것이 아
닐까 하는 생각이 듭니다. 항심을 지킬 수 있게 하는 '항심의
문화'를 먼저 고민해야 하는 것인지도 모를 일입니다.

춘풍추수

"춘풍대아능용물 추수문장불염진"
(春風大雅能容物 秋水文章不染塵)
봄바람처럼 큰 아량은 만물을 용납하고,
가을 물같이 맑은 문장은 티끌에 물들지 않습니다.

春風大雅能容物
秋水文章不染塵

布里 石軒 半夏

통즉구

"궁즉변(窮則變) 변즉통(變則通) 통즉구(通則久)."
『주역』사상의 핵심입니다. 궁극에 이르면 변화하고, 변화하면 열리게 되며, 열려 있으면 오래간다는 뜻입니다. 양적 축적은 결국 질적 변화를 가져오며, 질적 변화가 막힌 상황을 열어 줍니다. 그리고 열려 있을 때만이 그 생명이 지속됩니다. 부단한 혁신이 교훈입니다.

窮則變變則通通則久

乙亥新春 峰耳

'겸손'은 관계론의 최고 형태라고 할 수 있습니다. 『주역』의 지산겸(地山謙)괘는 땅속에 산(山)이 있는 형상입니다. 땅속에 산이 있다니 자연현상과는 모순인 듯합니다. 해설에는 "땅속에 산이 있으니 겸손하다. 군자는 이를 본받아 많은 데를 덜어 적은 데에 더하고 사물을 알맞게 하고 고르게 베푼다"(地中有山 謙 君子以 裒多益寡 稱物平施)고 합니다. 우뚝 솟은 산을 땅속에 숨기고 있어서 겸손하다고 하는 것일지도 모릅니다. 그리고 산을 덜어서 낮은 곳을 메워 평지로 만드는 것을 뜻하는지도 모릅니다. "겸손은 높이 있을 때에 빛나고, 낮은 곳에 처할 때에도 사람들이 함부로 넘지 못한다."(謙 尊而光 卑而不可踰) 그러기에 겸손은 "군자의 완성"이다. 가히 최고의 헌사라 하겠습니다.

성
찰

각성(覺省), 그 자체로서 이미 빛나는 달성(達成)입니다.

야심성유휘

"밤이 깊으면 별은 더욱 빛난다."(夜深星逾輝)
이 말은 밤하늘의 이야기일 뿐만 아니라
어둔 밤길을 걸어가는 수많은 사람들의 이야기입니다.
밤이 깊을수록 별이 더욱 빛난다는 사실은
힘겹게 살아가는 모든 사람들의 위로입니다.

몸이 차가울수록 정신은 더욱 맑아지고
길이 험할수록 함께 걸어갈 길벗을 더욱 그리워합니다.

맑은 정신과 따뜻한 우정이야말로
숱한 고뇌와 끝없는 방황에도 불구하고
그 먼 길을 함께하는
따뜻한 위로이고 격려이기 때문입니다.

夜深星逾輝
밤이 깊을수록 별은 더 빛납니다.
심지

생각하는 나무가 말했습니다

2부

강물처럼

강물
처럼

먼 길을 가는 사람의 발걸음은 강물 같아야 합니다.
필생의 여정이라면 더구나 강물처럼 흘러가야 합니다.
강물에서 배우는 것은 자유로움입니다.

봄이
오는
곳

봄이 가장 먼저 오는 곳은 사람들이 가꾸는 꽃 뜰이 아니라 멀리 떨어져 있는 들판이라는 사실이 놀랍습니다. 그리고 모든 사람들의 시선을 빼앗는 꽃이 아니라 이름 없는 잡초라는 사실이 더욱 놀랍습니다.

대지의 민들레

이상은 추락함으로써 싹을 틔우는 한 알의 씨앗입니다.
비록 추락이 이상의 예정된 운명이라고 하더라도
이상은 대지(大地)에 추락하여야 합니다.
아스팔트 위에 떨어진 민들레는 슬픔입니다.

깨끗하게 필기하지 못한 노트의 앞쪽을 뜯어내면 그만큼의 노트 쪽이 뒷부분에서 떨어져 나갑니다. 어린 시절에는 노트의 첫 장이 조금이라도 마음에 들지 않으면 뜯어내고 다시 쓰기 일쑤였습니다. 지금은 그렇게 하지 않습니다. 떨어져 나갈 새 노트 쪽이 아까워서도 뜯어내지 못하고, 글씨에 담긴 수고가 아까워서도 차마 뜯어내지 못합니다. 결백하나 얇은 노트보다는 깨끗하지 못하더라도 두툼한 노트에 애착이 갑니다.

성공은 그릇이 가득 차는 것이고, 실패는 그릇을 쏟는 것이라고 합니다. 그러나 또 한편으로 생각하면 성공은 가득히 넘치는 물을 즐기는 도취임에 반하여 실패는 빈 그릇 그 자체에 대한 냉정한 성찰입니다. 저는 비록 그릇을 깨트린 축에 속합니다만, 성공에 의해서는 대개 그 지위가 커지고, 실패에 의해서는 자주 그 사람이 커진다는 역설을 믿고 싶습니다.

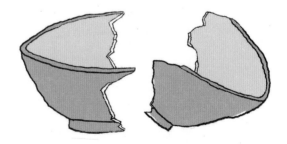

창과 문

창문보다는 문이 더 좋습니다. 창문이 고요한 관조의 세계라면 문은 현장으로 열리는 실천의 시작입니다. 창문이 먼 곳을 바라보는 명상의 양지라면 문은 결연히 문 열고 온몸이 나아가는 진보 그 자체입니다.

더
큰
아
픔

하얗게 언 비닐 창문이 희미하게 밝아오면, 방안의 전등불과 바깥의 새벽빛이 서로 밝음을 다투는 짤막한 시간이 있습니다. 이때는 그럴 리 없음에도 불구하고 도리어 더 어두워지는 듯한 착각을 하게 합니다. 칠야의 어둠이 평단(平旦)의 새 빛에 물러서는 이 짧은 시간마다 나는 별이 태양 앞에 빛을 잃고, 간밤의 어지럽던 꿈이 찬물 가득한 아침 세숫대야에 씻겨 나듯이, 작은 고통들에 마음 아파하는 부끄러운 자신을 청산하고 더 큰 아픔에 눈뜨고자 생각에 잠겨 봅니다.

와 臥
우 牛

꿇어앉은 소가 밤새 씹고 있는 것은 칠흑 같은 외로움인지
도 모릅니다. 끊을 수 없는 질긴 슬픔인지도 모릅니다.

도
인

가운데 씨가 박혀 있어서 좀처럼 쪼개질 것 같지 않은 복숭아
도 열 손가락 잘 정돈해서 나누어 쥐고 단호하게 힘을 주면
짝 하고 정확하게 절반으로 쪼개지면서 가슴을 내보입니다.
Heart!
가슴에 도인(桃仁)을 안은 사랑의 마크가 선명합니다.

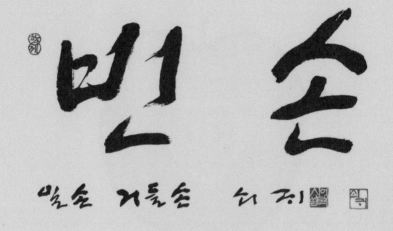

빈
손

물건을 갖고 있는 손은 손이 아닙니다. 더구나 일손은 아닙니다. 갖고 있는 것을 내려놓을 때 비로소 손이 자유로워집니다. 빈손이 일손입니다. 그리고 돕는 손입니다.

말 적은 것이 자연입니다.

希言自然

不言 不辭 不居 故弗去 牛耳

月增高心為雲客野

운심월성

"구름 같은 마음, 달 같은 품성."(雲心月性) 맹호연(孟浩然)의 시 「야객운위심(野客雲爲心) 고승월작성(高僧月作性)」에서 성구한 글입니다. 들길을 걷는 나그네는 구름을 마음으로 삼고 고승은 달을 성품으로 삼는다는 뜻으로, 속탈(俗脫)한 자태가 구름처럼 자유롭고 달처럼 아름답습니다.

태양에너지

인류의 문명은 태양의 산물입니다. 식량과 에너지는 물론 생명 그 자체가 바로 태양의 산물입니다. 그럼에도 불구하고 문명사의 과정은 태양을 잊어 가는 과정이었습니다. 잉카문명에서 오로지 황금만을 계승하였던 무지한 역사가 오늘날도 반복되고 있다는 사실이 우리들의 부끄러움입니다.

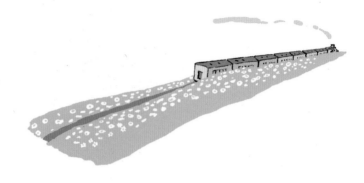

기
차
소
리

간이역의 키 작은 코스모스와 먼 곳으로 뻗어 나간 철길을
바라보며 키우던 그리움이 생각납니다. 간이역의 그리움은
밤 열차 소리와 함께 힘겨운 삶을 견디게 하는 추억의 등불
이었습니다. 그리고 그것은 어떠한 물질적 풍요와도 바꿀
수 없는 꿈이 아닐 수 없습니다.

간장게장

얼마 전에 간장게장을 먹다가 문득 게장에 콜레스테롤이 많지 않을까 하는 생각이 들어서 검색하다가 '간장게장'에 관한 시를 발견합니다. 시제는 「스며드는 것」이었습니다. 간장이 쏟아지는 옹기그릇 속에서 엄마 꽃게는 가슴에 알들을 품고 어쩔 줄 모릅니다. 어둠 같은 검은 간장에 묻혀 가면서 더 이상 가슴에 품은 알들을 지킬 수 없게 된 엄마 꽃게가 최후로 알들에게 하는 말입니다. "저녁이야. 불 끄고 잘 시간이야." '간장게장'은 이미 간장게장이 아닙니다. 그 시를 읽고 나서 게장을 먹기가 힘듭니다. 엄마 꽃게의 목소리가 들리는 듯합니다.

나
무
야

처음으로 쇠가 만들어졌을 때 세상의 모든 나무들이 두려움에 떨었습니다. 그러자 어느 생각하는 나무가 말했습니다. "두려워할 것 없다. 우리들이 자루가 되어 주지 않는 한 쇠는 결코 우리를 해칠 수 없는 법이다."

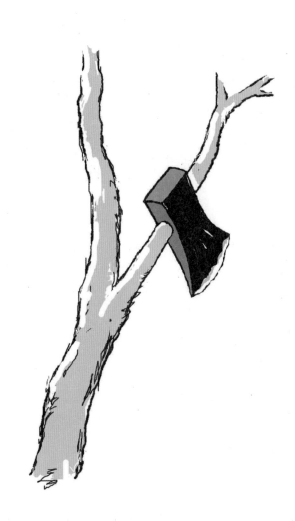

물통

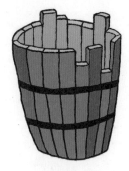

물을 가장 많이 담을수 있는 통은
함께 만들어야 합니다.

서정

나
비
역
사

반짝 반짝 한 송이 꽃잎처럼 하늘에 날아오른 봄 나비 한 마리를 바라보며 그가 겪었을 긴 역사를 생각합니다. 작은 알이었던 시절부터 한 점의 공간을 우주로 삼고 소중히 생명을 간직해 왔던 고독과 적막의 밤을 견디고…… 징그러운 번데기의 옷을 입고도 한시도 자신의 성장을 멈추지 않았던 각고의 시절을 이기고…… 이제 꽃잎처럼 나래를 열어 찬란히 솟아오른 나비는 그것이 비록 연약한 한 마리의 미물에 지나지 않는다 할지라도, 그것은 우람한 승리의 화신으로 다가옵니다.

滄浪淸濁

창랑청탁
滄浪淸濁

"창랑의 물이 맑으면 갓끈을 씻고 창랑의 물이 흐리면 발을 씻는다." 어부(漁夫)의 노래에는 이상과 현실의 갈등에 관한 오래된 고뇌가 담겨 있습니다. 그러나 맹자(孟子)는 전혀 다른 이야기를 이끌어 냅니다. "물이 맑을 때는 갓끈을 씻지만 물이 흐리면 발을 씻게 되는 것이다. 물 스스로가 그렇게 만든 것이다. 사람도 스스로를 모욕한 연후에 남이 자기를 모욕하는 법이다. 하늘이 내린 재앙은 피할 수 있지만 스스로 불러들인 재앙은 피할 수 없다고 한 『서경』의 구절도 바로 이를 두고 한 말이다."

등불 같은 사람

가을에는 낙엽을 모아 불사르고 그 재를 뿌리 짬에 묻어 줍
니다. 이것은 새로운 나무의 식목(植木)이 아니라 이미 있는
나무를 북돋우는 시비(施肥)입니다. 가을의 사색도 이와 같
아서 그것은 새로운 것을 획득하려는 욕심이 아니라 우리들
이 여름 내 겪고 일구어 놓은 것들을 다시 한 번 챙기는 약속
의 이행입니다.

겨울나무 별

겨울은 별을 생각하는 계절입니다.
모든 잎사귀를 떨구고 삭풍 속에 서 있는 나목처럼
밤하늘의 별을 바라보는 계절입니다.
한 해를 돌이켜보는 계절입니다.
그리고 내년 봄을 생각하는 계절입니다.
겨울밤 나목 밑에 서서
나목의 가지 끝에 잎 대신 별을 달아 봅니다.

고
독
한

고
통

고통이 견디기 어려운 까닭은 그것을 혼자서 짐져야 한다는
외로움 때문입니다. 남이 대신할 수 없는 일인칭의 고독이
고통의 본질입니다. 여럿이 겪는 고통은 훨씬 가볍고, 여럿
이 맞는 벌은 놀이와 같습니다. 우리가 어려움을 견디는 방
법도 이와 같아야 한다고 생각합니다.

기
다
림

기다림은 더 먼 곳을 바라보게 하고, 캄캄한 어둠 속에서도
빛나는 눈을 갖게 합니다. 찔레꽃잎 따 먹으며 엄마를 기다
려 본 사람은 압니다.

길의
마음

구도 求道에는 언제나 고행 苦行이 따릅니다.
구도의 도정에는 목표가 없습니다.
고행의 총화가 곧 목표가 됩니다.
그렇기 때문에
구도는 곡선이기를 원하고 더디기를 원합니다.

구도는 도로의 논리가 아니라 길의 마음입니다.
도로는 속도와 효율성이 지배하는 자본의 논리이며
길은 아름다움과 즐거움이 동행하는 인간의 원리입니다.

우리는 매일 직선을 달리고 있지만
동물들은 맹수에게 쫓길 때가 아니면
결코 직선으로 달리는 법이 없습니다.

나
이
테

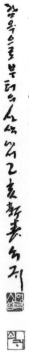

나무의 나이테가
부리에게 가르치는
것은 나무는 겨울에도
자란다는 사실입니다

그런 겨울에 자란 부분 일수록 여름에 자란 부분보다

훨씬 단단하다는 사실입니다

한옥으로 부러의 소나무 그루 新春을 기리

비슷한 얼굴

함께 오래 살다 보면 어느덧 비슷한 말투, 비슷한 욕심, 비슷한 얼굴을 가지게 됩니다. 자기가 다른 사람과 비슷하다는 사실, 여럿 중의 하나에 불과하다는 사실은 대부분의 사람들이 못마땅하게 여깁니다. 개인(個人)의 세기(世紀)에 살고 있는 우리의 당연한 생각이 아닐 수 없습니다.

그러나 우리가 잊고 있는 것은 아무리 담장을 높이더라도 사람들은 결국 서로가 서로의 일부가 되어 닮아 가지 않을 수 없다는 사실입니다. 함께 햇빛을 나누고, 함께 비를 맞으며 '함께' 살아가고 있다는 사실입니다. 그리하여 한 포기 미나리아재비나 보잘것없는 개똥벌레 한 마리도 그냥 지나치지 않는 '열린 사랑'을 갖게 된다는 사실입니다.

한 그루 나무가 되라고 한다면 나는 산봉우리의 낙락장송보다 수많은 나무들이 합창하는 숲 속에 서고 싶습니다. 한 알의 물방울이 되라고 한다면 나는 바다를 선택하고 싶습니다. 가장 많은 사람들이 모여 사는 나지막한 동네에서 비슷한 말투, 비슷한 욕심, 비슷한 얼굴을 가지고 싶습니다.

버림과 키움

어느 화창한 토요일 오후 마침 밀린 일도 없고, 지킬 약속도 없는, 담배 한 개비 정도의 여가가 나면, 저는 곧잘 헝클어진 책상 서랍을 뽑아서 웬만한 것이면 죄다 마당에 내다 태우곤 하였습니다. 도시의 일우(一隅)에 종이 타는 냄새. 이것은 비록 낙엽에 견줄 수는 없지만, 가지런히 정돈된 서랍의 개운함과 함께 때로는 간이역의 휴식 같은 기억으로, 또는 어떤 시작을 알리는 '창의(創意)의 산실(産室)' 같은 기억으로 남아 있습니다. 비움은 항상 새로운 것의 시작이었습니다. 지난 십여 년 동안 저는 많은 것을 잃고 또 많은 것을 버렸습니다. 잃거나 버린다는 것은 아무래도 조금은 서운한 일입니다. 그러나 또 한편 생각해 보면 그것은 푸성귀를 솎아 내는 일, 더 큰 것을 키우는 손길이기도 할 것입니다.

속도는 가속으로 가속은 질주로 이어집니다. 자동차를 타고 빠른 속도로 지나가는 사람에게 1m의 코스모스 길은 한 개의 점에 불과합니다. 그러나 천천히 걸어가는 사람에게는 이 가을을 남김없이 담을 수 있는 아름다운 꽃길이 됩니다.

무념무상은
정신의 피로를 회복하는 빈공간입니다.
잠이 육체의 피로를 회복하는
이완의 정점인 것과 같습니다.
이 비움과 이완이야말로
'생각하는 공간'입니다.
생각은 답습의 단절이고
기존旣存의 해체이기 때문입니다.
세계는 우리들의 조작가능성 바깥에
존재하는 것입니다.
우리는 우리들이 만나는 세계를
서둘러 개념화하고 분석하기 전에
당혹감 그 자체에 충실해야 합니다.
빈공간을 만들어
그 속에 무심히 앉아있는 것
그것이 생각의 정점입니다.

길벗 삼천리

진달래꽃은 남쪽에서 북상하고 단풍은 북쪽에서 남하합니다. 진달래와 단풍이 남북을 달리는 정경은 7천만 개의 도미노가 남에서 북으로 넘어지고 북에서 남으로 넘어지는 모습입니다. 한반도를 가르는 분단의 벽도 물론 넘어집니다.

물은 빈 곳을 채운 다음 나아갑니다.

결코 건너뛰는 법이 없습니다.

차곡차곡 채운 다음 나아갑니다.

첩
경

첩경과 행운에 연연해하지 않고 역경에서 오히려 정직하며,
기존(既存)과 권부(權富)에 몸 낮추지 않고 진리와 사랑에
허심탄회한, 그리하여 스스로 선택한 우직함이야말로 인생
의 무게를 육중하게 합니다.

또
하
나
의

손

등에는 아기를 업고, 양 손에는 물건을 들고, 머리에는 임을 이고, 그리고 치맛자락에 아이를 달고 걸어가는 시골 아주머니를 한동안 뒤따라 걸어간 적이 있습니다. 어릴 적의 일이었습니다. 무거운 짐에다 아기까지 업고 있는 아주머니의 고달픔도 물론 마음 편하게 바라볼 수 있는 것은 아니었습니다만 내가 가장 걱정했던 것은 머리 위의 임이었습니다. 등에 업힌 아기는 띠로 동였고 양손의 물건은 손으로 쥐고 있어서 땅에 떨어질 염려는 없었습니다만 머리에 올려놓은 임은 매우 걱정스러웠습니다. 비뚜름하게 머리에 얹혀서 발걸음을 떼어 놓을 때마다 떨어질 듯 떨어질 듯 흔들리는 임은 어린 나를 내내 불안하게 하였습니다.

'저 아주머니에게 손이 하나 더 있었으면.' 어린아이였던 내가 생각해 낼 수 있는 소망의 최고치였습니다. 나는 그 뒤 훨씬 철이 들고 난 후에도 가끔 또 하나의 손에 대하여 생각하는 버릇을 갖고 있습니다. 세 개의 손, 네 개의 손, 수많은 손을 가질 수는 없을까. 짐이 여러 개일 때나 일손이 달릴 때면 자주 그런 상상을 하였습니다. 추운 겨울 아침에 찬물 빨래를 할 때에도 생각이 간절하였습니다.

그러나 지금은 어릴 때의 간절했던 '또 하나의 손'이 짐을 들어 주는 손이 아니라 손을 잡아 주는 손이기를 바랍니다. 다정한 '악수'이기를 바랍니다.

천 개의 손에는 천 개의 눈이 박혀 있었습니다. 천수천안(千手千眼)이었습니다. 그냥 맨손이 아니라 눈이 달린 손이었습니다. 눈이 달린 손은 맹목(盲目)이 아닙니다. 생각이 있는 손입니다. 마음이 있는 손이라는 사실입니다. 세상에서 가장 능력이 있는 사람이 수많은 손을 가진 사람임에는 틀림이 없지만 그러나 그것은 마음이 있는 손이어야 한다는 사실입니다.

그런 점에서 나는 조직이 망라하고 있는 손을 신뢰하지 않습니다. 마찬가지로 구입된 수많은 손도 역시 신뢰하지 않습니다. 세상의 모든 손은 누군가의 살아 있는 손이고 그 손에는 모두 임자가 있기 때문입니다. 손의 집합과 집합의 규율과 규율에 의한 조직으로서 우리의 삶을 이룩하려고 한다면 우리의 역사는 제왕 한 사람의 무덤만을 남기고 사멸해 간 과거사에서 한 발도 더 나아갈 수 없기 때문입니다. 우리 스스로를『위대한 신세계』의 감마 계급이나 '복제인간'으로 대체하는 것이기 때문입니다.

그리고 무엇보다 중요한 것은 그 손의 임자에게도 많은 손을 주어야 하기 때문입니다. 천 개의 손마다 각각 천 개의 손을 주어야 한다는 사실입니다. 그리고 다시 천 개의 손에 각각 천 개의 손을 주지 않을 수 없다는 사실입니다.

고목 명목

나무는 나이가 들수록 아름다워집니다.
고목古木이 명목名木인 까닭입니다.
그러나 사람은 나무와 달라서
나이를 더한다고 하여
아름다워지는 것은 아니며
젊음이 언제나 신선함을
보증해주는 것도 아닙니다.

노老가 원숙이
소少가 신선함이 되고 안되고는
그 연월年月을 안받침하고 있는
사색의 갈무리에 달려있다고 믿습니다.

어제의 반성과 성찰 위에서
오늘을 만들어내고
오늘의 반성과 성찰 위에
다시 내일을 만들어가는
끊임없는 사색의 갈무리가
우리를 아름답게 키워주는 것입니다.

빗
속

우리는 무릎 칠 공감을 구하여
깊은 밤 살아 있는 책장을 넘기기도 하고,
작은 아픔 한 조각을 공유하기 위하여
좁은 우산을 버리고 함께 비를 맞기도 합니다.
뿐만 아니라 타산(他山)의 돌 한 개라도
품속에 소중히 간직하기도 합니다.
그것은 우리의 무심한 일상을 질타해 줄
한 줄기 소나기를 만들어 내기 위한 것입니다.

색   "색은 마음이 보는 것. 세상에는 흰 색과 검은 색밖에 없는 것이야. 선 아니면 악일 뿐이야."

"흑백은 아예 색이 아니야. 색을 본다는 것은 우산을 먼저 보고 비를 나중에 보는 어리석음이야. 색은 흑백을 풍부하게 하는 데 써야 하는 것이야. 그렇지 않으면 사람을 홀리고 어지럽게 할 뿐이야. '진리'는 간 데 없고 '진리들'만 난무하게 되는 것이야."

그렇습니다. 사람의 눈동자는 95%가 흑백을 인식하는 세포로 구성되어 있고 색을 인식하는 부분은 불과 5%에 지나지 않는다고 합니다.

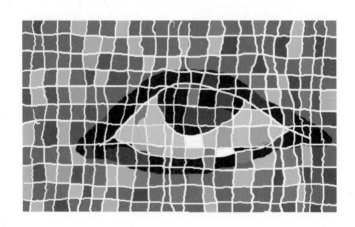

안
개
꽃

아무리 절절한 애정을 담고 있다 하더라도 그것을 표현하는 방법에 따라 반대물로 전락할 수도 있는 것이 바로 사랑의 역설입니다. 사랑의 방법을 한 가지로 한정하는 것이야말로 사랑이 아닙니다. 사랑의 가장 확실한 방법은 '함께 걸어가는 것'입니다. '장미'가 아니라 함께 핀 '안개꽃'입니다.

느티 그늘

지금은 없어진 풍경입니다. 어른들의 터무니없는 옛이야기가 그립습니다. 눈앞에 두고 보는 것보다 머릿속으로 그려 보는 것이 훨씬 더 아름답습니다. 아름다울 뿐만 아니라 자기가 그려 보는 것은 자기의 과거이며 자기의 미래이기도 합니다.

돼
지
등

사다리보다 너의 돼지등이 좋다.

사
랑

경
작

사랑이란 삶을 통하여 서서히 경작되는 농작물입니다. 부모
형제를 선택하여 출생하는 사람이 없듯이 사랑도 그것을 선
택할 수는 없습니다. 사랑은 사전(事前)에는 존재하지 않으
며 사후(事後)에 경작되는 것입니다. 그러므로 "당신을 사
랑합니다"라는 말은 필요하지 않습니다. 사랑이 경작되기
이전이라면 그것은 사실이 아니며 그 이후라면 새삼스레 말
할 필요가 없기 때문입니다. 인간의 가장 위대한 능력은 불
모의 땅에서도 사랑을 경작한다는 사실입니다.

동
반

피아노의 건반은 우리에게 반음(半音)의 의미를 가르칩니
다. 반(半)은 절반을 의미하지만 동시에 동반(同伴)을 의미
합니다. 모든 관계의 비결은 바로 이 반(半)과 반(伴)의 여
백에 있습니다. '절반의 비탄'은 '절반의 환희'와 같은 것이며,
'절반의 패배'는 '절반의 승리'와 다름없기 때문입니다. 우리
가 절반의 경계에서 스스로를 절제할 수만 있다면 설령 그것
이 환희와 비탄, 승리와 패배라는 대적(對敵)의 언어라 하더
라도 얼마든지 동반의 자리를 얻을 수 있으리라고 믿습니다.

험한 세상을 건너기 위해서 우리는 많은 사람의 도움을 받습니다.

내
손
네
손

네 손이 따뜻하면 내 손이 차고 내 손이 따뜻하면 네 손이 차
다. 우리 서로 손 맞잡을 때.
손잡는다는 것은 서로의 체온을 나누는 것입니다. 물이 높
은 곳에서 낮은 곳으로 흐르듯 체온도 따뜻한 손에서 찬 손
으로 옮아갑니다.

맷돌

여러분은 맷돌이란 단어에서 무엇을 연상합니까? 아니 어디에 있는 맷돌을 머리에 떠올리고 있습니까? 생활사 박물관이나 청진동 빈대떡집에 있는 맷돌을 연상하는 것이 고작이라고 생각합니다. 거기서밖에 보지 못했기 때문입니다. 그러나 나는 외갓집 장독대 옆에 있던 맷돌을 떠올리고 있습니다. 언어는 소통의 수단입니다. 소통은 화자와 청자 간에 이루어지는 것이지요. 따라서 맷돌이라는 단어는 그 단어가 연상시키는 경험 세계의 소통 없이는 결코 전달되지 못하는 것입니다. 화자의 연상 세계와 청자의 그것이 서로 어긋나는 경우 정확한 의미의 소통은 차질을 빚게 됩니다.

말을 더듬고 느리게 이야기하는 경우에는 이러한 불일치를 조정할 시간적 여유가 생기는 것이지요. 화자가 청산유수로 이야기를 전개해 가면 청자가 따라오지 못하게 되지요. 느리게 이야기해야 하는 이유 중의 하나라 할 수 있습니다. 그러나 기본적으로 언어는 무엇을 지시하는 것일 뿐입니다. 그렇기 때문에 언어가 지시하는 대상을 찾아내고 그 대상에 대한 청자와 화자의 합의가 도출되어야 하는 것이지요. 될 수 있으면 언어를 적게, 그리고 느리게 사용하는 것이 필요하지요.

아
름
다
운

얼
굴

아름다운 얼굴은 아름다운 나무와 마찬가지로 자기 자신은
물론 다른 사람들에게도 기쁨입니다. 그러나 우리는 아름다
운 얼굴을 만드는 방법에 있어서 실패하고 있습니다. 오로
지 '얼굴'에만 몰두하고 있기 때문입니다. 그나마 '나의 얼굴'
에만 몰두하고 있기 때문입니다. 생각하면 나의 얼굴은 '얼
굴'에만 있는 것이 아니며 더구나 '나의 얼굴'에만 있는 것이
아닙니다. 가족, 친구, 이웃의 얼굴에도 나의 얼굴이 있습니
다. 특히 우리가 잊고 있는 것은 우리의 얼굴은 오늘의 얼굴
에만 있지 않다는 사실입니다. 어제의 얼굴 그것이 더욱 정
직한 나의 얼굴인지도 모릅니다. 지금까지 살아온 삶의 흔
적이기 때문입니다.

대면

풍요보다는 궁핍이
기쁨보다는 아픔이
우리를 삶의 진상에 마주 세웁니다.
그러나 삶의 진상은
다시 삼엄한 태림불이 되어
우리 자신을 냉정하게
대면하게 합니다.

자기 자신에 대한 냉정한 인식은
비정한 것이기는 하지만
빈약한 추수秋收에도 아랑곳없이
상토를 갈추려 보게 하는
용기의 원천이기도 합니다.

아픈 기억을 잊는 것은 지혜입니다.
아픈 기억을 대면하는 것은 용기입니다.

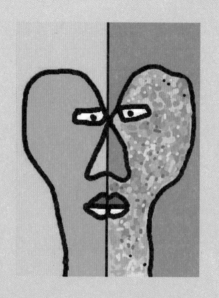

여행은 떠남과 만남입니다. 떠난다는 것은 자기의 성(城) 밖
으로 걸어 나오는 것이며, 만난다는 것은 새로운 대상을 대
면하는 것입니다. 그러나 여행은 떠나는 것도 만나는 것도
아닙니다. 여행은 돌아옴(歸)입니다. 자기 자신의 정직한 모
습으로 돌아오는 것이며, 우리의 아픈 상처로 돌아오는 것
일 뿐입니다.

그
리
움

미술 시간에 어머니 얼굴을 그린 친구가 있었습니다.
그제야 우리는 그 친구에게 어머니가 없다는 것을 알았습니다.
그림은 '그리워하는 것'이었습니다.
우리가 그릴 수 있는 것은 우리가 그리워하는 것뿐입니다.

나
아
가
며

길

중요한 것은 '나아가면서 길을 만드는 일'입니다. 그리고 더욱 중요한 것은 현재 우리가 서 있는 '여기'서부터 길을 만들기 시작할 수밖에 없다는 사실입니다. 그나마도 동시대의 평범한 사람들과 더불어 만들어 갈 수밖에 없다는 사실입니다.

돌
팔
매

언덕에 올라 멀리 돌팔매를 하면 돌멩이는 둥글게 포물선을 그으며 떨어집니다. 공중에 둥근 포물선을 그으며 떨어지는 돌멩이를 보면서 그것은 지구가 둥글기 때문이라고 생각하였습니다. 매우 쉬웠기 때문입니다. 바람개비를 손에 들고 달리면 바람개비가 돌아갑니다. 풍차처럼 돌아가는 바람개비를 손에 들고도 그것이 공기의 무게 때문이라는 말을 믿을 수가 없었습니다. 매우 어렵기 때문입니다. 어렸을 때의 일입니다만 지금도 생각을 그르치기는 마찬가지입니다. 그러나 그르치는 까닭이 단지 쉽고 어려움 때문이 아닙니다. 훨씬 더 많은 이유들이 우리를 둘러싸고 있습니다. 이러한 이유들을 덮어 둔 채 우리의 생각을 바로 세우기란 불가능하다고 믿습니다.

설일사우인 雪日思友人

눈송이 커서 더욱 고요하고　　　　　雪花朵大靜愈深
지난 일 생각하면 그리운 사람　　　　回思過境故人情
눈 위에 써보자 그리운 이름　　　　　欲作大書雪原上
어느새 희미해진 친구의 이름들　　　　暗數丁寧知友名

눈 오는 날은 사람이 그립습니다.
멀리 있는 사람이 더욱 그립습니다.

함께 가면 험한 길 도

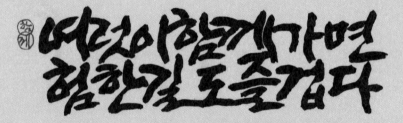

여럿이 함께 가면 험한 길도 즐겁다

서호남골 쇠저

미완성

"어린 여우가 강을 거의 다 건넜을 때
그만 꼬리를 적시고 말았다. 끝마치지 못한다."
세상에 완성이란 없습니다.
실패가 있는 미완(未完)이 삶의 참모습입니다.
그러기에 삶은 반성이며 가능성이며 항상 새로운 시작입니다.

바
깥

만남은 바깥에서 이루어집니다. 각자의 성(城)을 열고 바깥
으로 걸어 나오지 않는 한 진정한 만남은 이루어질 수 없습
니다. 우리는 우리가 갇혀 있는 성벽을 뛰어넘어야 합니다.
인간적인 만남의 장은 언제나 바깥에 있기 때문입니다.

너와 내가
만나는 곳
바깥이다

변
방
과

중
심

'성을 쌓는 자 망하고
길을 떠나는 자 흥하리라'
유목주의의 금언입니다

창조는 변방에서 이루어집니다
중심부는 지키는 것에 급급할뿐입니다.
변방이 창조공간입니다.

그러나 변방이 창조공간이 되기
위해서는 결정적인 전제가 있습니다.
중심부에 대한 컴플렉스가
없어야 합니다.

컴플렉스가 청산되지않은 변방은
중심부보다 더욱 완고한
교조 敎條의 아성이 될뿐입니다.

157

해
변
의

자
갈

해변의 아름다운 조약돌은
파도속에서 서로 대화하며
다듬어집니다.

시
냇
물

냇물아 흘러흘러 어디로가니
강물따라가고싶어 강으로간다
강물아 흘러흘러 어디로가니
넓은세상보고싶어 바다로간다

냇물이 강물을 만나면 강물이 되고 강물이 바다를 만나면
바다가 됩니다. 바다는 변화와 소통의 최고형태입니다.
서호없골 신영복

네 손은 내가 잡고 내 손은 네가 잡고
함께 가자 우리 새날을 향하여.

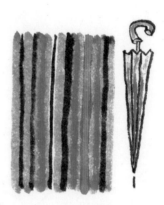

함께 맞는 비

돕는다는 것은 우산을 들어 주는 것이 아니라 함께 비를 맞는 것입니다. 함께 비를 맞지 않는 위로는 따뜻하지 않습니다. 위로는 위로를 받는 사람으로 하여금 스스로가 위로의 대상이라는 사실을 다시 한 번 확인시켜 주기 때문입니다.

돕는다는 것은 우산을 들어주는 것이 아니라
함께 비를 맞는 것입니다.

서울남골 신...

163

공부하지 않는 생명은 없습니다

3부

감
옥
교
실

예순 노인에서부터 이십대의 젊은이에 이르는 이십여 명의 식구가 한 방에서 숨길 것도 내세울 것도 없이 바짝 몸 비비며 살아가는 징역살이는 사회와 역사를 배우는 훌륭한 교실이 됩니다. 바깥 사회와는 달리 일체의 도덕적 포장이나 의상을 훨훨 벗어 버리고 이(利)·해(害)·호(好)·오(惡)가 적나라하게 표출되는, 그야말로 인간학(人間學)의 교실이 됩니다. 알몸은 가장 정직한 모습이며, 정직한 모습은 공부하기 가장 쉽습니다.

백련강 百鍊剛

"좋은 쇠는 뜨거운 화로에서 백 번 단련된 다음에 나오는 법이며, 매화는 추운 고통을 겪은 다음에 맑은 향기를 발하는 법이다." (精金百鍊出紅爐, 梅經寒苦發淸香)

감옥을 홍로(紅爐)처럼 자기 자신을 단련하는 공간으로 삼고, 무기징역형을 한고(寒苦) 속의 매화처럼 청향(淸香)을 예비하는 시절로 삼아야겠다는 생각으로 감옥에서 붓글씨로 자주 쓰던 글귀입니다. 돌이켜보면 감옥은 나의 경우 대학(大學)이었습니다. 인간에 대한 이해, 사회와 역사에 대한 깨달음을 안겨 준 '나의 대학 시절'이었습니다.

百鍊剛

169

달
팽
이

고행이 공부가 되기도 하고, 방황과 고뇌가 성찰과 각성이
되기도 합니다. 공부 아닌 것이 없고 공부하지 않는 생명은
없습니다. 달팽이도 공부합니다. 지난여름 폭풍 속에서 세찬
비바람 견디며 열심히 세계를 인식하고 자신을 깨달았을 것
입니다. 공부는 모든 살아 있는 생명의 존재 형식입니다.

인
디
언
의

기
다
림

아메리카 인디언은 말을 멈추고 달려온 길을 되돌아봅니다.
영혼이 따라오기를 기다립니다.
공부는 영혼과 함께 가는 것입니다

감
방
문

안
쪽

바깥에서만 열 수 있는 문은 문이라 할 수 없습니다.
다른 사람이 열어 주는 문도 문이라 할 수 없습니다.
자기 손으로 열고 나가는 문이라야 합니다.
자기 발로 걸어 나가는 문이어야 함은 물론입니다.

옥
창
풀
씨

우리 방 창문턱에 개미가 물어다 놓았는지 풀씨 한 알 싹이
나더니 어느새 한 뼘도 넘는 키를 흔들며 우리들을 가르치
고 있습니다.

화
분

작업장 창문턱에 '메리 골드' 꽃분 하나 올려 놓았습니다. 메
마른 땅에서 갈증에 시달리는 제 족속과는 달리 이 엄청난
가뭄의 세월을 알지 못한 채, 주전자의 물을 받아 마시고 있
었습니다. 그러나 이 작은 꽃나무는 역시 땅을 잃은 연약함
을 숨길 수 없었습니다. 며칠 연휴를 끝내고 출역해 보니, 물
길을 줄도 모르고 길어 올릴 물도 없는 이 꽃나무는 과연 화
분에 목을 걸치고 삶은 나물이 되어 늘어져 있었습니다. 큰
땅에 뿌리박지 못하고 10센티미터 화분에 생명을 담은 한
포기 풀이 어차피 치러야 할 운명인지도 모릅니다. 혹시나
하는 기대가 없지도 않았지만 차라리 장송의 의례에 가까운
심정으로 흥건히 물을 뿌려 구석에 치워 두었습니다. 그러
나 오래지 않아 저는 이 작은 일로 하여 실로 귀중한 뜻을 깨
달았습니다. 창문턱에서 내려와 쓰레기통 옆의 잊혀진 자리
에서 꽃나무는 저 혼자의 힘으로 힘차게 팔을 뻗고 일어서
있었습니다. 단단히 주먹 쥔 봉오리가 그 속에 빛나는 꽃을
준비하고 있었습니다.

미
네
르
바
의

올
빼
미

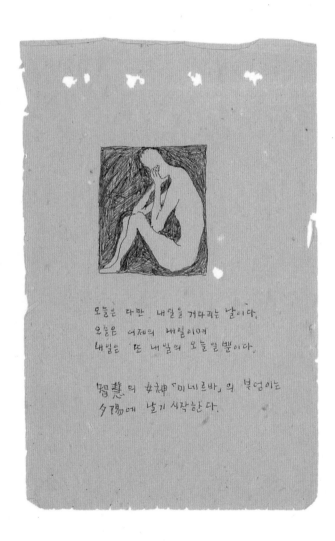

오늘은 다만 내일을 거다리는 날이다.
오늘은 어제의 내일이여
내일은 '또 내일의 오늘일뿐이다.

智慧의 女神 「미네르바」의 부엉이는
夕陽에 날기 시작한다.

뒤
돌
아
보
라

길을 걷다가 골목이 꺾이는 길모퉁이 같은 데서
재빨리 뒤를 돌아다 보라. 거기 당신의 등뒤에
당신을 지켜주는 손이 있다. 어머니의 손같은,
친구의 손같은----

176

보리밭

지금도 그를 잊지 못하는 이유가 있습니다. 남한산성 교도소는 목욕탕이 주벽 바깥에 있었습니다. 추운 겨울이 지나고 새봄이 왔을 때입니다. 주벽에 딸린 쪽문을 통해서 일렬로 죽 늘어서서 맨발로 목욕탕으로 향했습니다. 쪽문을 나서자 시야가 멀리 열리면서 푸른 보리밭이 무연히 펼쳐져 있었습니다. 바깥은 벌써 봄이었습니다. 그때였습니다. 등 뒤에서 갑자기 내 허리를 껴안으면서 울먹이며 말했습니다. "신 중위님, 나 진짜 살고 싶어요!" 그였습니다. '푸른 보리밭'은 지금도 내게는 그때의 기억과 함께 '생명'의 벌판입니다.

내가 이 청구용사들을 잊을 수 없는 일이 하나 있는데, 그것
은 1967년 2월 내가 수도육군병원에서 담낭절제수술을 받
고 입원하고 있을 때의 일입니다. 그달의 모임에 참석할 수
없노라는 사연을 간단히 엽서로 띄우면서 혹시라도 병원으
로 문병 오지 않도록, 곧 퇴원하게 될 테니까 절대로 찾아오
지 말 것을 부탁하였습니다. 그래서 그 꼬마들은 내가 퇴원
할 때까지 다행히 병원에 오지 않았습니다. 그러나 다음 달
에 우리가 만났을 때 그들이 두 번이나 찾아왔다가 두 번 모
두 위병소에서 거절당하였음을 알았습니다. 그것도 삶은 계
란을 싸가지고 왔었다 합니다. 더욱이 나이가 제일 어린 이
규승이는 평소에 같이 걸어갈 때에도 내 팔에 매달리며 걸
었는데 한 번은 저 혼자서 병원까지 왔다가 돌아갔다는 것
이었습니다. 물론 삶은 계란은 자기들끼리 나누어 먹었겠지
만 그들이 그렇게 벼르고 별렀던 서오릉 소풍 때에도 계란
을 싸가지고 갈 수 없었던 가난한 형편을 생각하면 결코 잊
을 수 없는 일이 아닐 수 없습니다. 그들은 문화동에서 멀리
병원까지 걸어서 왔다가 걸어서 돌아간 것이었습니다.

남
산
의
매
미
소
리

중앙정보부에서 심문을 받고 있을 때의 일입니다. '청구회'의 정체와 회원의 명단을 대라는 추상같은 호령 앞에서 나는 말없이 눈을 감고 있었습니다. 어떠한 과정으로 누구의 입을 통하여 여기 이처럼 준열하게 그것이 추궁되고 있는가. 나는 이런 것들에 아랑곳하지 않았습니다.

나는 8월의 뜨거운 폭양 속에서 아우성치는 매미들의 울음소리만 듣고 있었습니다. 나는 내 어릴 적 기억 속의 아득한 그리움처럼 손때 묻은 팽이 한 개를 회상하고 있었습니다. 그리고 조용히 답변해 주었습니다. '국민학교 7학년, 8학년 학생'이라는 사실을.

기상 시간 전에 옆 사람 깨우지 않도록 조용히 몸을 뽑아 벽
기대어 앉으면, 싸늘한 벽의 냉기가 나를 깨우기 시작합니
다. 나에게는 이때가 하루의 가장 맑은 시간입니다. 겪은 일,
읽은 글, 만난 인정, 들은 사정…… 밤의 긴 터널 속에서 여
과된 어제의 역사들이 내 생각의 서가(書架)에 가지런히 정
돈되는 시간입니다. 금년도 며칠 남지 않은 오늘 새벽은 눈
뒤끝의 매서운 바람이, 세월의 아픈 채찍이, 불혹의 나이가
준엄한 음성으로 나의 현재를 묻습니다.

손가락을 베이면 그 상처의 통증 때문에 다친 손가락이
각성되고 보호된다는 그 아픔의 참뜻을 모르지 않으면서,
성급한 충동보다는, 한 번의 용맹보다는, 결과로서 수용되는
지혜보다는, 끊임없는 시작이, 매일매일의 약속이, 과정에
널린 우직한 아픔이 우리의 깊은 내면을, 우리의 높은 정신
을 이룩하는 것임을 모르지 않으면서, 스스로 충동에 능(能)
하고, 우연에 승(勝)하고, 아픔에 겨워하며 매양 매듭 고운
손, 수월한 안거(安居)에 연연한 채 한 마리 미운 오리새끼
로 자신을 가두어 오지 않았는지……. 겨울바람은 겨울 나
그네가 가장 먼저 듣는 법. 세모의 맑은 시간에 나는 내가 가
장 먼저 깨달을 수 있는 생각에 정일(精一)하려고 합니다.

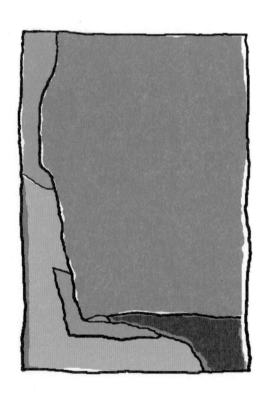

겨울 새벽 기상나팔

얼어붙은 밤하늘을 찢고
우리의 꿈을 찢고
피곤한 하루의 시작을 알리는
기상나팔 소리는 강철로 된 소리입니다.

보호
색

애벌레를 먹이로 하는 소조(小鳥)들은 애벌레가 눈에 뜨이기만 하면 재빨리 쪼아 먹습니다. 그러나 소조가 애벌레를 보는 순간 공포를 느끼거나 과거에 혼찌검이 난 경험이 연상되는 경우에는 일순 주저하게 되는데, 이 일순의 주저가 애벌레로 하여금 살아남을 수 있는 기회를 제공해 준다고 합니다. 부모의 보호가 없음은 물론, 자기 자신을 지킬 힘도, 최소한의 무기도 없는 애벌레들은 오히려 소조를 잡아먹는 맹금류 등 포식자의 눈을 연상시키는 '안상문'(眼狀紋)을 등허리의 엉뚱한 곳에 그려 놓고 있습니다. 애벌레들이 험한 세상을 살아가기 위하여 궁리해 낸 기만, 도용(盜用), 가탁(假託)의 속임수들이 비열해 보이기보다는 과연 살아가는 일의 진지함을 깨닫게 합니다.

재소자들의 문신은 대개 서툴고 조악합니다. 이런 문신이나마 넣는 이유가 벌레들의 문양과 다름이 없습니다. 열악한 환경에서 살아남기 위해서입니다. 호락호락하게 보이면 살아남지 못합니다. 감옥뿐만 아니라 대부분의 재소자들은 바깥에서도 그런 환경에서 살아오기도 했습니다.

개가모
접견

하루는 나이 마흔한두 살 된 동료 재소자가 접견 호출을 받
았습니다. 깜짝 놀랐어요. 자기도 놀라고 우리도 놀랐지요.
한 번도 접견 온 적이 없었거든요. 누가 왔을까? 접견을 마
치고 돌아왔는데 누가 왔었는지 이야기를 않는 것이었어요.
몇 사람이 다그쳐 묻자 하는 대답이 "아니, 나도 모르는 사
람이 왔다"는 것이었어요. 나중에 이야기를 듣고 이해가 되

기는 했지만 모르는 사람이긴 해요. 자기 또래의 생면부지의 남자가 접견을 왔는데, 짧은 접견 시간에 철창을 사이에 두고 당신이 누구냐? 누구냐? 서로 신분 확인하느라 시간이 다 갔대요. 그 재소자는 아버지가 갑자기 돌아가시자, 생계가 막연한 어머니가 두 살 세 살 된 남매를 삼촌 집에 맡겨 놓고 멀리 재가를 갔어요. 재가해 간 집은 두 살 세 살 난 남매를 두고 그 어머니가 돌아가신 집이었어요. 그의 어머니가 재가해서 그 남매를 키운 것이지요. 오늘 접견 온 사람은 자기 어머니가 재가 가서 키운 그 집의 아들이었습니다. 사십여 년 세월을 건너서 찾아온 거예요. 딱히 할 말도 없었다고 해요. 그 친구가 돌아가면서 하는 말이 당신 어머니를 우리 어머니로 모시고 오지 않았더라면, 지금쯤 내가 그 속에 있고, 당신이 밖에 있을 수도 있지 않았겠느냐고 했대요.

당시 나도 비슷한 고민을 하고 있었던 것이지요. 접견 온 친구가 대단히 훌륭하다는 생각을 금할 수 없었어요. 사람을 그 사람의 역사 속에서 이해하게 되면 충분히 공감이 갑니다. 그 사람의 생각마저도 그가 살아온 인생의 결론으로 가지고 있는 것이지요. 남이 함부로 평가하기 어려운 것이지요. 나는 수많은 사람들과의 깊이 있는 만남을 통해서 그의 이야기가 아닌 '나 역시 그럴 수 있겠구나!' 하는 나의 이야기로 받아들이게 됩니다. 말하자면 머리로 이해하는 것이 아니라 가슴으로 공감하는 것이지요. 머리로 생각하는 타자화 대상화가 아닌 가슴의 공감을 안게 됩니다.

큰 대(大), 옳을 의(義)를 이름자로 쓰는 '정대의'라는 젊은
친구가 있었습니다. 참 좋은 이름이지요. 그러나 절도 전과
가 벌써 세 개나 돼요. 그 친구를 볼 때마다 대의를 위해서
살기를 바라고 대의라고 이름 지었을 그 할아버지가 얼마나
속상할까, 하는 생각을 했지요.

어느 날 제가 이름의 내력을 물어봤어요. 그게 아니었어요. 그는 돌이 채 안 된 어린 아기일 때 버려진 고아였습니다. 할아버지가 있을 리 없었어요. 자기가 버려진 장소가 광주의 도청 앞 대의동(大義洞) 파출소 옆이었어요. 그래서 '정대의'가 되었다고 합니다. 그날 당직 경찰인 정 순경의 성을 따고, 대의동 파출소의 '대의'를 합해서 고아원에 입적시킨 이름이었습니다. 고아원에서 자란 그 삼십 년이라는 세월이 어떤 아픔과 고뇌로 얼룩졌는지 저로서는 그것을 다 알지 못합니다. 그러면서도 '대의'라는 문자를 통해서 그 사람의 인생을 읽으려고 했던 저의 그 창백한 관념성이 굉장히 부끄러웠습니다. 광주에 내려갔을 때 일부러 시간을 내어 대의동 파출소를 찾았던 적이 있습니다. 그곳에 서니까 아직도 청산되지 못한 저의 관념성이 더욱 부끄러웠어요. 언어와 마찬가지로 문자와 논리가 만들어 내는 지식인의 심볼리즘이 얼마나 허약한 것인가. 이 역시 '나의 대학 시절'의 초년에 만난 충격이었습니다.

비가 부슬부슬 오는 늦가을이었습니다. 하염없이 철창 밖을 내다보고 있는 그 노인의 뒷모습을 우연히 목격하게 됩니다. 노인의 야윈 뒷모습이 매우 슬펐습니다. 그때 문득 이런 생각이 들었습니다. 저분이 늘 얘기하던 자기의 그 일생을 지금 회상하고 있는 건 아닐까. 만약 저분이 다시 인생을 시작한다면 최소한 각색해서 들려주던 삶을 살려고 하지 않을까. 각색한 인생사에는 이루지 못한 소망도 담겨 있고, 반성도 담겨 있기 때문입니다. 그렇다면 노인의 실제 인생사와 각색된 인생사를 각각 어떻게 평가할 수 있을까. 전자를 '사실'이라고 하고 후자를 '진실'이라고 한다면 어느 것을 저 노인의 삶이라고 할 수 있을까. 소망과 반성이 있는 진실의 주인공으로 그를 이해해야 하지 않을까 하는 생각이 들었습니다. 어쩌면 그가 늘 이야기하던 일정 시대와 해방 전후의 험난한 역사가 그의 진실을 각색한 것이 사실로서의 그의 삶이 아닐까 하는 생각이 들었습니다.

노인 목수가 그리는 집 그림은 충격이었습니다. 집을 그리
는 순서가 판이하였기 때문입니다. 지붕부터 그리는 우리들
의 순서와는 반대였습니다. 먼저 주춧돌을 그린 다음 기둥,
도리, 들보, 서까래…… 지붕을 맨 나중에 그렸습니다. 그가
집을 그리는 순서는 집을 짓는 순서였습니다. 일하는 사람
의 그림이었습니다.

양
말
향
수

결혼 6개월 만에 구속된 젊은 사람이 있었습니다. 자기 처가
몹시 아파서 이번 달에는 접견도 오지 못한다는 것이었습니
다. 걱정이 태산이었습니다. 못 온다는 편지를 받았느냐고
물었습니다. 편지는 받지 않았지만 이번에 받은 양말 소포
에 전보다 향수가 진하게 뿌려져 왔다는 것이었습니다.

그것이 왜 아프다는 것이냐? 아파서 접견 가지 못하는 안타까움이 향수의 양의 증가로 분명하게 표현되고 있다는 대답이었습니다. 젊은 부부여서 속옷이나 양말을 소포로 보낼 때는 향수를 조금씩 뿌려서 보냈었나 봅니다. 이번에 받은 소포에는 향수가 보통 때보다 짙게 뿌려져 왔습니다. 그것이 아픈 증거였습니다. 그럴 수도 있겠다는 생각이 들었습니다. 그런데 얼마 후 처가 접견 왔습니다. 그리고 아프지도 않았습니다. 문제는 그의 고통이 과연 어디로부터 오는 것인가 하는 것입니다. 춥고 배고프고 갇혀 있는 것이 흔히 감옥의 고통이라고 알려져 있습니다. 여러분도 경험이 없지 않으리라고 생각합니다. 자기가 직접 부딪치고 짐 져야 하는 물리적인 고통은 차라리 작은 것입니다. 그런 고통은 막상 맞부딪치면 얼마든지 견디게 마련입니다. 그러나 자기 때문에 고통당하는 사람의 아픔이 자기의 아픔이 되어 건너오는 경우 그것은 어떻게 대처할 방법이 없습니다. 기쁨과 아픔의 근원은 관계입니다. 가장 뜨거운 기쁨도 가장 통절한 아픔도 사람으로부터 옵니다.

20대 중반쯤 된, 성인 교도소에서는 매우 젊은 신입자가 들어왔습니다. 그날의 젊은 신입자는 어딘가 병약해 보이기도 하고 표정도 매우 어두웠습니다. 사람들이 몇 마디 물어봐도 대답을 천천히 하거나 아주 짧게 했습니다. '이 자식 봐라! 젊은 녀석이 싸가지가 없네!' 하는 분위기였습니다. 그렇지만 원체 병약해 보여서 신입식은 없었습니다.

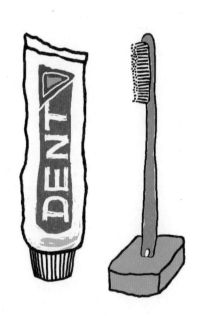

얼마 후 취침 시간이었습니다. 모두들 자리 깔고 옷 벗고 눕는데 이 친구는 수의를 입은 채로 눕는 것이었습니다. 속에 러닝셔츠를 입고 있지 않았습니다. 교도소에서 지급한 수의만 입고 있었습니다. 옆자리에 있는 사람이 자기 보따리에서 새것은 아니지만 한 번 세탁한 러닝셔츠를 하나 꺼내 주었습니다. 감옥의 보통 인심입니다. 그러나 그 친구는 딱 거절했습니다. 눈 내리깔고 쳐다보지도 않으면서 "필요 없어요", 작고 낮고 짤막한 한마디였습니다. 모두들 말은 안 했지만 일단 두고 보자는 표정이었습니다. 어쨌거나 취침했습니다.

아침 세면 시간이었습니다. 그 친구는 치약을 가지고 있지 않았습니다. 닳아빠진 칫솔 하나 상의 주머니에 꽂고 들어왔나 봅니다. 또 옆에 있던 친구는 내게는 치약이 하나 더 있으니까 이걸 쓰라며 자기가 쓰던 치약을 건네주었습니다. 쳐다보지도 않고 필요 없다고 딱 잘랐습니다. 그러고는 세면장 바닥에 있는 물 젖은 세탁비누를 칫솔로 찍어서 양치질을 하는 것이었습니다. 분위기를 썰렁하게 만들었습니다. 자기가 싫다는데 달리 어쩔 도리가 없었습니다. 나이가 어리긴 하지만 쓰던 걸 던지듯이 주면 기분 나쁠 수도 있겠다 싶었습니다. 치약을 하나 구매 신청했습니다. 오늘 구매 신청하면 내일 나옵니다. 다음 날 치약이 나왔기에 다른 사람들이 안 보는 곳으로 데리고 가서 치약을 건넸습니다. 그랬더니 이런, 화난 듯이 큰 소리로 "필요 없다고 했잖아요!", 저만큼 떨어져 있는 사람에게 들릴 정도였습니다. 얼마나 민망했는지. 잘못을 저지른 사람마냥 얼른 집어넣고 말았습니다. 아침 세면 때마다 분위기 썰렁하게 세탁비누 찍어서 양치질을 했습니다.

일주일쯤 후였습니다. 나한테 다가오더니 "전에 저 주려고 구입한 치약 아직도 있습니까?" 하는 것이었습니다. 깜짝 놀랐습니다. "너, 치약 안 쓰는 놈 아냐?" "신 선생한테는 하나 받아도 괜찮을 것 같습니다." 얼른 주었습니다. 달라는 말이 고맙기까지 했습니다. 나중에 물어봤습니다. 왜 나는 되고 다른 사람들은 안 되냐? 다른 사람한테 받으면 꿀린다는 것이었습니다. 러닝셔츠를 받으면 그 좁은 밤잠 자리에서 자기 몸도 맘대로 운신하지 못한다고 했습니다. 세상에서 밀리고 밀려서 여기까지 와서 또다시 꿀린다는 것은 정말 죽기보다도 더 비참하다는 것이었습니다. 러닝셔츠 없어도, 치약 없어도 떳떳한 게 차라리 낫다는 것이었습니다. 그가 조리 있게 설명하지는 않았지만, 물질적 조건이 나아지는 것도 어려움을 견디는 데 도움이 되겠지만 차라리 그런 것이 없더라도 떳떳한 자존심이 역경을 견디는 데 더 큰 힘이 된다는 것이었습니다.

건빵 조목사

점잖은 신입자가 들어왔습니다. 자기를 조목사라고 소개했습니다. 좋은 안경 끼고 나이도 마흔 정도, 말씨도 목사처럼 무게 있었습니다. 거기다 들어온 바로 이튿날 영치금으로 건빵 20봉을 구매해서 감방 동료들에게 한 봉씩 나누어 주었습니다. 교도소 구매부에서 파는 '오복건빵'은 보릿가루로 만든 것이지만 건빵 한 봉지씩 받아 든 행복이 대단합니다. 다들 '저 사람 범틀인가보다. 앞으로 건빵 자주 얻어먹겠구나' 하고 기대했습니다. 범틀은 교도소 은어입니다. 돈을 많이 쓰거나 편지, 면회가 많은 사람을 말합니다. 반대는 개틀입니다. 그런데 처음 한 봉지 나누어 주고 난 후로는 일절 없습니다. 건빵을 사서 자기 혼자만 먹었습니다. 혼자 먹기는 했지만 비교적 양심적으로 먹었습니다. 다른 사람들이 다 잠든 밤중에 조용히 이불 속에서 먹었습니다. 그러나 그게 문제였습니다. 건빵을 먹어 본 사람은 아시겠지만, 소리 안 나게 깨무는 것이 쉽지 않습니다. 3개, 4개까지는 됩니다. 나도 해 봤습니다만 침이 충분히 배게 해서 천천히 깨물면 소리가 안 납니다. 그러나 그것도 4개, 5개가 되면 소리가 조금씩 나기 시작합니다. 침이 부족해지기 때문입니다. 조목사가 밤중에 건빵 먹고 난 이튿날 아침이었습니다. 인원 점검 시간에 점검 대열로 줄 맞춰 앉아 있었습니다. 옆에 앉은 젊은 친구가 옆구리를 쿡 찔렀습니다. 뭐야? 귀에다 대고 조용히 이야기합니다. "어젯밤에요, 조목사가요, 건빵 스물일곱 개 먹었어요." 그걸 하나하나 다 세었던 것이지요. 아마 그 젊은 친구 외에도 세었던 사람이 없지 않았을 것입니다.

195

그 조목사가 밤중에 화장실 가다가 자고 있는 사람의 발을 밟았습니다. 겨울에 화장실 가다가 누워 있는 사람 발 밟는 건 흔히 있는 일입니다. 교도소 잠자리는 칼잠에다 마주 보고 누운 저쪽 사람의 발이 정강이까지 뻗어옵니다. 그 위에다 솜이불 덮어 놓으면 빈 곳이 없을 뿐만 아니라 어디가 발인지 구분이 안 됩니다. 조목사가 화장실 가다가 발을 밟았습니다. 발 밟힌 젊은 친구가 벌떡 일어나 다짜고짜 조목사와 멱살잡이로 밀고 당기는 것이었습니다. 한밤중에 멱살잡이라니 드문 일입니다. 놀라운 것은 사람들이 말리지도 않고 오히려 가운데 싸움판을 만들어 주는 것이었습니다. 조목사가 젊은 사람의 상대가 될 리 없습니다. 내가 뜯어말렸습니다. 그 이튿날 조목사가 나한테 와서 이야기합니다. 그래도 신 선생은 얘기가 통할 것 같아서 하는 말이지만 앞으로는 조심해야겠다는 것이었습니다. 조심한다는 것이 앞으로는 건빵을 안 먹겠다는 건가 했더니, 발 밟지 않도록 조심하겠다는 것이었습니다. 사실은 싸움의 원인이 발이 아니라 건빵이라는 사실을 조목사도 알고 있었을 것입니다. 왜냐하면 목사란 것도 거짓말이었기 때문입니다.

축구 시합하다 끌려가서 매 맞고 벌방에 갇히기도 했습니다. 교도소에서는 다른 공장과는 시합이 불가능할 뿐 아니라 더구나 내기 시합은 엄금입니다. 우선 교도소는 운동을 공장별로 합니다. 운동장이 한 개뿐이기 때문에 한 공장이 30분 운동하고 들어가면, 그 공장 문을 바깥에서 잠그고, 다음 공장이 나와서 30분 운동을 하는 식입니다. 다른 공장과 빠다 내기 시합을 하려면 다른 공장 운동 시간에 본무 담당 교도관이 선수들만 몰래 내보내야 됩니다. 언뜻 보기에는 그 공장 인원들이 부서별로 축구 시합을 하는 듯이 보입니다. 한번은 인쇄공장 운동 시간에 선수들만 몰래 나와서 열나게 시합하고 있었습니다. 그런데 갑자기 보안계장이 운동장에 나타나서 호루라기를 획 불었습니다. "집합!" 우리도 인쇄공장 인원들 틈에 끼어 집합했습니다. "앉아 번호!" 인쇄공장 인원이 몇 명인지는 이미 나와 있습니다. 7명이 더 많았습니다. "어느 공장 놈들이야? 중앙으로 와!" 이미 정보를 입수하고 나왔던 것입니다. 꼼짝없이 잡혔습니다. 중앙이란 재소자들이 얻어터지는 곳입니다. 우리 선수 7명이 꾸역꾸역 중앙으로 걸어가고 있었습니다. 그때 창신꼬마가 잽싸게 달려와서 내게 빠다 10개 든 신발주머니를 건네면서 신 선생은 이 주머니 들고 공장으로 가라는 것이었습니다. 창신꼬마가 그때는 같은 공장에 있었을 때입니다. 자기가 가서 매 맞겠다고 했습니다. 창신꼬마는 축구선수가 아닙니다. 매니저처럼 빠다 주머니 들고 선수들을 따라 나왔습니다. 응원도 하고 구경도 하겠다고 본무 담당 허락을 받고 선수

들 틈에 끼어 나왔습니다. 보안계장이 호루라기 휙 불 때 잽
싸게 방화수통 뒤에 숨었습니다. 인원에 안 잡혔습니다. 나
는 맞는 것이 겁나서가 아니라 창피해서 그랬을 것입니다.
얼른 주머니 받아 들고 공장으로 뛰다가 앗 이건 아니라는
생각이 들었습니다. 나도 맞아야겠다. 창신꼬마한테 도로 주
머니를 돌려주고 네가 인원수에 안 잡혔으니까 당연히 네가
공장으로 가라. 중앙에는 내가 간다고 했습니다. 신 선생은
매도 못 맞으면서 그러느냐고, 자기는 매 맞는 건 끝내준다
는 것이었습니다. 기어이 창신꼬마를 공장으로 돌려보냈습
니다. 나중에 물어봐라. 내가 매 얼마나 멋지게 잘 맞는지. 이
래봬도 내가 남산(중앙정보부)을 거쳐서 온 몸이야. 큰소리
쳤습니다. 앞에 가던 선수들이 신 선생은 창신꼬마랑 바꾸

지 왜 따라오느냐고, 신 선생 때문에 이거 힘들게 생겼다고 하는 거였습니다. 그때는 그게 무슨 말인지 몰랐습니다. 7명이 중앙에 도착하자 보안계장의 명령을 받은 교도관이 엄청 굵은 몽둥이를 들고 한 놈씩 엎드려뻗치라는 것이었습니다. 1번 빳다가 앞으로 나갔습니다. 자기가 자청해서 먼저 나간 것이지요. 놀랐습니다. 그 친구 정말 영웅적으로 투쟁했습니다. 첫 번 빳다가 열 대 맞으면 줄줄이 열 대 맞습니다. 첫 번 빳다의 임무는 빳다 수를 줄이는 것입니다. 엎드려! 안 엎드려요. 내가 들어도 말도 안 되는 얘기를 계속 늘어놓습니다. 발로 채이고 쥐어박히고 얻어터지면서도 고분고분 엎드리지 않습니다. 빳다 맞기보다 그게 더 괴롭습니다. 엎드리는 척하다가 때리려고 하면 일어서서는 말도 안 되는 변명을 늘어놓기를 반복했습니다. 더 이상 어쩔 수 없어서 한 대 맞고는 저만치 굴러가서 불러도 오지 않고 개기는 것이었습니다. 때리는 사람을 한없이 지치게 만들었습니다. 세 대 때리는 데 거의 10분 걸렸습니다. 그런 영웅적이고 희생적인 투쟁 덕분에 세 대로 낙착되었습니다. 그때부터는 순순히 빨리 빨리 맞았습니다. 세 대씩 줄줄이 맞고는 전원 벌방에 들어갔습니다. 감옥에서 또 감옥 간 셈입니다. 그런데 축구하다 잡혀서 맞고 벌방에 간 것이 빠다 따서 국에 넣은 공로보다 훨씬 더 컸습니다.

글을 잘 모르는 노인에 관한 이야기입니다. 공장 출역이 없
는 일요일은 하루 종일 감방에서 지내야 되요. 특히 그 노인
은 지겨워 죽을 지경이었나 봐요. 일단 책을 하나 잡았어요.
아침부터 시작해서 읽다가, 한잠 주무시다가, 점심 먹고 또
읽다가 주무시다가를 반복하였어요. 책표지도 떨어져 나간
낡은 『현대문학』이었어요.

그 『현대문학』의 수필 한 편을 하루 종일 걸려서 읽었어요. 저는 그분이 주무실 때 얼른 읽었지요. 저녁에 제가 다가가서 독후감을 요청했지요. '독서'라는 말에 무척 미안해했어요. 한사코 사양하다가 딱 한마디로 독후감을 이야기했어요. 그런데 그 수필을 쓴 사람이 우리나라의 유명한 여류 수필가였어요. 제가 이름은 여기서 대기가 불편하지요. 그 노인의 독후감은 이렇습니다. "자기(수필가) 집 뜰이 좁아서 꽃을 못 심는대나 뭐 그런 걸 썼어!"였어요. 못마땅하다는 투가 역력했습니다. 그랬습니다. 정확하게 핵심을 짚어내었습니다. 여러분이나 우리같이 먹물 좀 든 사람들은 그 여류 문인이 펼치는 현란한 언어 구사에 사로잡히게 마련이죠. 그러나 이 노인에게는 그것들이 무력하기 짝이 없었습니다. 무식이 훨씬 더 날카로운 통찰력이 되는구나, 하는 깨달음은 충격이었습니다. 교실과 책을 통해서 습득한 논리가 순식간에 무너지는 충격이라고 할 수 있습니다.

대전의 잘 알려진 원동(元洞)의 창녀촌에는 '노랑머리'라
는 여자가 있는데, 한 달에 서너 번씩은 약을 복용하고는
도루코 면도날이나 깔창(유리창)으로 제 가슴을 그어 피
칠갑으로 골목의 건달들에게 대든다고 합니다. 온몸을 내
어던지는 이 처절한 저항으로 해서 그 여자는 기둥서방이
란 이름의 건달들의 착취로부터 자신을 지킨 유일한 여자
라고 합니다.

이 여자의 열악한 삶을 그대로 둔 채 어느 성직자가 이 여자의 사상을 다른 정숙한 어떤 것으로 바꾸려 한다면 그것이야말로 이 여인을 돌로 치는 것이 아닐 수 없습니다. 정숙한 부덕(婦德)이 이 여자의 삶을 지켜 주거나 개선시켜 주기는커녕 오히려 무참히 파괴해 버리고 말 것입니다. 그러므로 똥치골목, 역전 앞, 꼬방동네, 시장골목, 큰집 등등 열악한 삶의 존재 조건에서 키워 온 삶의 철학을 부도덕한 것으로 경멸하거나 중산층의 윤리 의식으로 바꾸려는 여하한 시도도 그 본질은 폭력이고 위선입니다.

우리가 훌륭한 사상을 갖기가 어렵다고 하는 까닭은 그 사상 자체가 무슨 난해한 내용이나 복잡한 체계를 하고 있기 때문이 아니라, 사상이란 그것의 내용이 우리의 생활 속에서 실천됨으로써 비로소 완성되는 것이라는 사실 때문입니다. 생활 속에 실현된 것만큼의 사상만이 자기 것이며 그 나머지는 아무리 강론하고 공감하더라도 결코 자기 것이 아닙니다. 자기 것이 아닌 것을 자기 것으로 하는 경우 이를 도둑이라 부르고 있거니와, 훌륭한 사상을 말하되 그에 못 미치는 생활을 하고 있는 경우 우리는 이를 무어라 이름 해야 하는지…….

연상 세계에 '사람의 얼굴'을 심지는 못했지만 나는 그 대신 '서울의 얼굴'을 나의 연상 세계에 심을 수 있었습니다. '서울'을 증오한 한 친구 때문이었습니다. 서울 지하철 1호선이 1974년에 개통되었던가요? 내가 감옥에 있는 동안에 신입자들 편에 소식을 들었습니다. 신입자가 지하철에 대해 전혀 무지한 우리들을 앞에 놓고 지하철이 자기 것이나 되는 듯이 한참 사설을 풀고 있는데, 그때 칼 같은 그의 핀잔이 날아들었습니다. "야! 지하철이 니네 자가용이냐? 밤티(야간 절도) 보는 주제에 지하(地下) 좋아하고 있네!"

제3한강교가 준공되고 〈제3한강교〉 노래가 바깥에서 유행할 무렵이었습니다. 신입자가 몇 사람을 옆에 불러 앉히고는 그 노래를 가르치고 있었습니다. "강물은 흘러갑니다. 제3한강교 밑을……." 그때 느닷없이 그의 날선 핀잔이 또 날아들었습니다. "야, 잠 좀 자자. 한강 물이 제1한강교, 제2한강교 밑으로는 안 흘러 가냐?" 그는 서울을 증오하고 있었습니다. 한마디로 그의 서울에 대한 증오는 증오 이상이었습니다. 나는 그 까닭을 알고 있었습니다.

그는 열세 살 무렵 열두 살 난 어린 누이동생을 서울역에서 잃어버렸습니다. 처음 상경한 서울역에서 눈 깜짝할 사이에 누이동생을 그만 잃어버리고 말았습니다. 밤중까지 역 주변을 헤맸지만 끝내 찾을 수 없었습니다. 정확히 십 년 후에 그 누이를 만납니다. 서울역에서 멀지도 않은 양동 창녀촌에서였습니다. 너무나 달라진 얼굴 때문에 미처 알아보지 못하는 사이에 오빠를 먼저 알아본 누이동생이 달아나고 말았습니다. 그는 출소하기만 하면 누이동생을 잡아 죽인다는 각오를 다지고 있었습니다. 누이동생을 죽이겠다는 그의 분노는 물론 서울을 향한 분노입니다. 서울은 잘못 겨냥한 표적일 수도 있습니다. 그러나 그에게는 '서울의 얼굴'이란 참혹하게 변해 버린 누이동생의 얼굴과 다르지 않았습니다.

물
탄
피

병원에 피를 팔기 전에 찬물을 양껏 들이켰던,
그리고 물 탄 피를 팔았다는 양심의 가책을 애써 숨기려는,
그의 여린 마음이 잊혀지지 않습니다.
그는 동생들의 끼니를 위하여
좀 더 많은 피를 만들려고 했던 형이고,
그리고 내일의 노동을 위하여
좀 더 많은 피를 남기려 했던 노동자일 뿐입니다.
나는 설령 그가 들이킨 새벽 찬물이 곧바로 혈관으로 들어가
그의 피를 함량 미달의 불량품으로 만든다고 하더라도,
그는 양심의 가책을 느끼지 않아도 된다고 생각합니다.
그가 얻는 부당이득의 용도를 알기 때문입니다.

각 방마다 사정이 비슷하다면 아마 한 방에 두 개 또는 세 개 씩, 그러니까 20~30개 정도의 수도꼭지가 있었을 것으로 계산됩니다. 20~30개의 수도꼭지가 있음에도 불구하고 여전히 물은 부족하고 세면장의 아우성은 그치지 않았습니다. 사동 전체 인원이 150명이니까 수도꼭지가 150개 있으면 해결될 것 같았습니다. 비상용으로 한 개씩 더 가져야 한다면 300개, 300개가 있으면 물 문제는 해결될 것 같다는 계산이었습니다.

이것은 교도소의 수도꼭지 얘기가 아닙니다. 수도꼭지가 만약 상품으로 거래된다면 여섯 개 대신에 300개를 만들어 팔 수 있는 구조가 됩니다. 이것은 자본주의 사회에서 행해지는 물질적인 낭비를 풍자하는 것이라고 해도 과언이 아닙니다. 자본주의 사회가 생산하는 상품이 수도꼭지 하나가 아님은 물론입니다. 수많은 상품이 마치 수도꼭지와 같은 형태로 생산되고 있는 것이 현실입니다.

떡신자들의 가장 큰 특징은 한마디로 제사보다 젯밥에 생각이 있다는 사실입니다. 설교라든가 미사, 설법 등에는 처음부터 마음이 없고 참신자(?)들의 눈총을 받아 가면서도 교회당 무대 한쪽 가생이에 쟁여 놓은 보루박스의 높이에 줄창 신경을 쓰거나 외부에서 온 여신도들을 힐끔거리기 일쑤입니다. 한 가지 확실한 사실은, 떡신자들은 서로 얼굴만 보아도 알아차린다는 사실입니다. 어떤 때는 모르는 사이이면서도 멋쩍은 미소까지 교환합니다. 서로가 들킨 셈이면서도 마음 흐뭇해합니다.

그런 때문고 하찮은 공감에 불과하지만 삭막한 징역살이에서 이것은 여간 마음 훈훈한 것이 아닙니다. 자기와 처지가 비슷한 사람을 발견한다는 것은 그 자체가 기쁨이고 안도감입니다. 밥처럼 믿음직하고 떡처럼 반가운 것입니다. 헌옷 걸치고 양지 쪽에 앉아 있는 편안함입니다.

자기 변화는 인간관계로써 완성됩니다. 그래서 '모스크바'라고 불리는 대단히 까다로운 대전교도소에서, 30권~40권의 이동문고를 돌릴 수 있었던 것은, 많은 재소자들과 인간관계가, 신뢰 관계가 바탕이 돼서 가능했습니다.

밤마다 변소 문을 꽝 소리 내며 닫는 젊은 녀석이 있었습니다. 아침마다 욕먹으면서도 밤마다 마찬가지였습니다. 내가 찬찬히 타일렀습니다. 문이 닫힐 때까지 손을 놓지 말고 천천히 나와야 된다고 설명했습니다. "그걸 누가 몰라요? 다 사정이 있으니까 그런 거지요." 사연인즉 이렇습니다. 그 친구는 야간 절도 전문으로 주로 후생주택단지를 주 무대로 삼고 있었습니다. 빨간 지붕의 단층 주택단지였습니다. 들키면 일단 지붕으로 올라가서 지붕에서 지붕으로 달아납니다. 쫓아오는 사람은 골목을 돌아야 하기 때문에 쉽게 따돌릴 수 있습니다. 지붕을 여러 채 건너뛰어서 확실하게 따돌린 다음 땅으로 뛰어내립니다. 이번에도 몇 개의 지붕을 건너뛰어 확실하게 따돌린 다음 땅으로 뛰어내렸는데 한참을

내려갔는데도 발이 땅에 닿지 않았습니다. 다리가 부러지고 그 자리에서 잡혔습니다. 축대 위에 지은 집이었는데 깜깜해서 몰랐던 것이지요. 치료도 제대로 받지 못했음은 물론입니다. 그 후로 지금까지도 앉았다 일어나면 다리에 마비가 와서 10분, 20분 정도로는 통증이 가시지 않습니다. 변소에서 마비된 다리를 끌고 나오다 보면 늘 변소 문을 놓친다는 것이었습니다. '그러면 그 사정을 이야기하지 그러냐'고 했습니다. 그 말에 대한 그의 대답이 충격이었습니다. "없이 사는 사람이 어떻게 자기 사정을 구구절절 다 얘기하면서 살아요? 그냥 욕먹으면서 사는 거지요."

여러분도 아시겠지만 대개 먹물들은 자기의 사정을 자상하게 설명하고 변명까지 합니다. 못 배운 사람들은 변명할 엄두가 나지 않습니다. 짧은 것이라 하더라도 자기 이야기를 끝까지 들어줄 사람이 아예 없습니다. 그냥 단념하고 욕먹으면서 살 각오를 합니다. 나는 그의 그러한 태도가 바로 춘풍추상이라는 고고한 선비들의 윤리의식과 조금도 다르지 않다고 생각되었습니다. 우리는 다른 사람의 사정은 잘 알지 못합니다. 반면에 자기 자신의 일에 대해서는 다른 사람이 알지 못하는 세심한 사정까지 속속들이 알고 있습니다. 불가피했던 수많은 이유들에 대해서 소상하게 꿰고 있습니다. 그렇기 때문에 다른 사람에게는 추상같이 엄격하고 자기에게는 춘풍처럼 관대합니다. '대인춘풍 지기추상'이란 금언은 바로 이와 같은 자기중심적 관점을 지적하고 있습니다.

영화
세월

시간이 빨리 지나가기를 원하는 사람 중에 징역 사는 사람보다 더 절실한 사람은 없습니다. 교도소에서도 영화를 보여주는 적이 있는데, 영화 속의 세월은 참으로 빨리 지나갑니다. 화면에 꽃이 핀 장면에 이어 눈이 내리고, 다시 꽃이 핀 장면에 이어 눈이 내리는 장면을 두어 번 반복하다가 '10년 후'라는 자막이 나옵니다. 10년 후라는 자막에 재소자들이 일제히 한숨을 내쉽니다. 자기 징역도 저렇게 순식간에 지나간다면 얼마나 좋을까 하는 소망이지요. 그래서 언젠가 내옆에서 한숨을 쉬는 친구를 붙잡고 물었어요. "영화 속에서처럼 내일 아침이 10년 후가 되면 좋겠느냐?" 물론 물어볼 필요가 없습니다. 그러나 한 가지 조건이 있다면, 즉 지금 당신의 나이가 40세니까 내일 아침 50세의 나이가 되고 몸도 그만큼 노쇠해진다고 해도 역시 그런 생각이냐고 물었어요. 선뜻 대답을 못해요. 한참을 생각한 후에 안 하겠다고 대답했습니다. 그것은 자기 인생에서 10년을 상실하기가 싫다는 뜻이지요. 그 10년이란 세월은 행복한 세월도 아니지요. 징역살이 10년이지요. 그럼에도 불구하고 그 10년을 버리기보다는 비록 징역살이라고 하더라도 그 기간을 자기가 온전히 살겠다는 뜻이지요. 그의 마음은 목표도 중요하지만 과정 그 자체가 갖는 의미에 무심하지 않다는 것이라 할 수 있습니다. 하물며 징역살이라는 불우한 세월도 버리기 어렵거든, 우리의 삶 자체에 대하여 가져야 하는 우리의 태도는 말할 나위가 없다고 생각합니다.

없는 사람이 살기는 여름이 낫다고 하지만
징역살이는 여름이 더 괴롭습니다.
모로 누워 칼잠을 자야하는 좁은 잠자리는
옆사람을 36도의 열덩어리로만 느끼게 합니다.
이것은 옆사람의 체온으로 추위를 견디는
겨울철의 원시적 우정과는 극명한 대조를 이루는
형벌중의 형벌입니다. 자기의 가장 가까이에
있는 사람을 미워한다는 사실, 그리고 자기의
가장 가까이에 있는 사람으로부터 미움받는다는
사실은 매우 불행한 일입니다. 더구나 그 증오가
자기의 고의적인 소행때문이 아니라 자기의 존재
자체 때문이라는 사실은 그 불행을 매우 절망적인
것으로 만듭니다. 그러나 가장 큰 절망은 자기자신에
대한 혐오로부터 옵니다. 증오의 대상을 잘못
파악하고 있는 자기 자신에 대한 혐오가,
그리고 그것을 알면서도 바로잡지 못하고 있는
자기혐오로부터 오는 것입니다.

문
열
기

만
기
인
사

재소자는 출소 전날 남아 있는 동료 재소자들과 악수하며
만기 인사를 합니다. 나는 20년 동안 수많은 만기자들을 떠
나보냈습니다. 만기 인사를 나누고 나면 쟤는 1년 안에 들어
온다, 쟤는 앞으로 두 번은 더 들어온다는 예측을 합니다. 오
래 수형 생활을 한 노인들의 예측은 거의 정확합니다. 나는
매번 틀렸습니다. 나는 틀림없이 들어오지 않을 줄 알았지
만 노인들 말처럼 1년 안에 들어오는 것이었습니다. 노인들
이 맞고 내가 틀리는 이유를 나중에야 알게 됩니다. 나는 사
람만 보기 때문입니다.

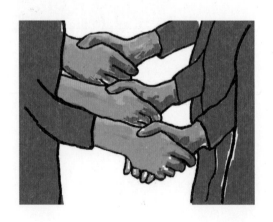

징역살이만큼 그 사람을 잘 알 수 있는 곳도 없습니다. 경우도 바르고 부지런한 사람이 의외로 많습니다. 당연히 다시 들어오지 않으리라는 확신이 들기도 합니다. 그런데 노인들은 사람만 보는 법이 없습니다. 그 사람의 처지를 함께 봅니다. 사람을 그 처지와 떼어서 어떤 순수한 개인으로 보는 법이 없습니다. 사람 보는 눈을 갖기까지 수많은 만기자를 보내고 다시 맞이하는 오랜 세월이 필요했습니다.

한 사람과 일곱 번 만기 인사를 나눈 것이 기록입니다. 그 친구가 다섯 번째였던가 여섯 번째였던가, 자기가 생각해도 좀 무안했던지 "내가 만기 인사를 하면 신 선생은 왜 남들처럼 '마음잡고 참답게 살라'는 말을 안 해요?" 하는 것이었습니다. 그런 지적을 받고 생각해 봤더니 마음잡고 참답게 살라는 말을 언제부터인가 하지 않았습니다. 만기자들이 출소해서 어떤 열악한 상황에 처할지 조금은 알고 있는 터에 허투루 참답게 살라는 말을 할 수 없었습니다. 집도 없고 절도 없고 전과만 여러 개 달고 있는 처지에 또 들어오지 말란 보장이 없기 때문입니다. '자리를 잡아야 맘을 잡지' 하는 생각이 없지 않았습니다. 그래서 내가 만기자들에게 건네는 인사말이란 것이 "이번에 나가면 잘 좀 해 봐라. 빨리 잡히지 말고" 정도가 고작입니다. 빨리 잡히지 말라는 당부는 도둑질이라도 이왕이면 좀 부지런하게 하라는 뜻입니다.

나는 귀휴 나올 때 수의를 입은 채로 나왔습니다. 보안과에
서는 물론 사복으로 갈아입으라고 했지만 자동차 안에서 가
족들이 가지고 온 옷으로 갈아입겠다고 하고 수의 차림으로
나왔습니다. 귀휴 엿새 동안 내내 수의를 입은 채 지냈습니
다. 귀휴 소식을 알게 된 가까운 친구 몇 사람이 어머니 병환
때문에 나오기는 했지만 그래도 저녁 식사 한 번은 해야 한
다며 불러냈습니다. 그게 하필 롯데호텔 라운지 커피숍이었
습니다. 수의를 입은 채 롯데호텔 커피숍에 앉아서 아이리
쉬 커피를 마셨습니다. 수번만 뗀 수의를 입은 채 호텔 커피
숍에서 친구들을 만날 수 있었던 것은 수의에 대한 나의 생
각이 달랐기 때문임은 물론입니다. 수의는 '변화의 유니폼'
과 같았습니다. 그때만 해도 나 자신의 변화에 대한 확실한
자부심이 없지 않았습니다. 그러나 20여 년 만에 만나는 사
람들로부터 변하지 않았다는 말을 듣고 과연 내가 변한 것
이 사실인가 하는 의문이 들기 시작했습니다. 생활환경과
하는 일, 일상적으로 만나는 사람들도 20년 전과 크게 다름
이 없었습니다. 공장 기술자로 일하던 때와 달리 주변에 나
자신의 변화를 확인할 수 있는 장치가 없었습니다.

몇 년 전의 일입니다. 롯데호텔에 갈 일이 있었습니다. 일
부러 라운지 커피숍을 찾아갔습니다. 그때 그 자리가 비어
있었습니다. 그 자리로 천천히 걸어가서 혼자 앉았습니다.
그리고 비싼 아이리쉬 커피를 한 잔 시켰습니다. 커피 한 잔
마시는 동안 나는 내가 과연 변한 것이 맞는가라는 의문에
침잠했습니다. 달라진 의복에서부터 하고 있는 일에 이르기

까지 생각의 갈피가 혼란스러웠습니다. 그때 내린 결론은 이렇습니다.

　내가 갖고 있는 변화에 대한 생각이 아직도 근대적 관점을 벗어나지 못했다. 변화는 결코 개인을 단위로, 완성된 형태로 나타나는 것은 아니다. 모든 변화는 잠재적 가능성으로서 그 사람 속에 담지되는 것이다. 그러한 가능성은 다만 가능성으로서 잠재되어 있다가 당면의 상황 속에서, 영위하는 일 속에서, 그리고 함께하는 사람과의 관계 속에서 발현되는 것이다. 자기 개조와 변화의 양태는 잠재적 가능성일 뿐이다. 그러한 변화와 개조를 개인의 것으로, 또 완성된 형태로 사고하는 것 자체가 근대적 사고의 잔재가 아닐 수 없는 것이다.

빈
설
합

저는 우선 제 사고(思考)의 서랍을 엎어 전부 쏟아내었습니다. 그리고 버리기 시작하였습니다. 아까울 정도로 과감히 버리기로 하였습니다. 지독한 '지식의 사유욕'에, 어설픈 '관념의 야적(野積)'에 놀랐습니다. 그것은 늦게 깨달은 저의 치부였습니다. 사물이나 인식을 더 복잡하게 하는 지식, 실천의 지침도, 실천과 더불어 발전하지도 않는 이론은 분명 질곡이었습니다. 이 모든 질곡을 버려야 했습니다. 섭갹담등 (躡屩擔簦), 짚신 한 켤레와 우산 한 자루, 언제 어디로든 가뜬히 떠날 수 있는 최소한의 소지품만 남기기로 하였습니다. 그래서 저는 하나씩 조심해서 하나씩 챙겨 넣기 시작하였습니다.

그러나 이 취사(取捨)의 작업은 책상 서랍의 경우와는 판이해서 쉬이 버려지지도 쉬이 챙겨지지도 않았습니다. 진왕 (秦王)의 금서(禁書)나 갱유(坑儒)의 도로(徒勞)를 연상케 하는 참담한 실패를 되풀이하지 않을 수 없었던 까닭은 버려야 할 '것', 챙겨야 할 '대상'이 둘 다 서랍 속의 '물건'이 아니라 생활 그 자체인 '소행'이었기 때문이라 생각되었습니다. 그럼에도 그나마 정돈할 수 있었던 것은, 무엇보다 징역살이라고 하는 욕탕 속같이 적나라한 인간관계와, 전 생활의 공개, 그리고 선승(禪僧)의 화두처럼 이것을 은밀히 반추할 수 있었던 면벽십년(面壁十年)의 명상에 최대의 은의(恩誼)를 돌려야 하리라고 생각합니다.

한
발
걸
음

우리 방에서 가장 빠른 20대의 청년과 50대의 노인이 달리기 경주를 했습니다. 청년은 한 발로 뛰고 노인은 두 발로 뛰는 공평한 경기였습니다. 결과는 예상을 뒤엎고 50대 노인이 거뜬히 이겼습니다. 한 발과 두 발의 엄청난 차이를 실감케 해 준 한 판 승부였습니다.

징역살이에서 느끼는 불행의 하나가 바로 이 한 발 걸음이라는 외로운 보행입니다. 실천과 인식이라는 두 개의 다리 중에서 실천의 다리가 없기 때문입니다. 사람은 실천을 통하여 외계의 사물과 접촉함으로써 인식을 갖게 되며 이 인식을 다음 단계의 실천에 적용하고 그 실천 과정에서 인식의 진리성이 검증되는 것입니다. 실천은 인식의 원천인 동시에 그 진리성의 규준이 됩니다. 이러한 실천이 배제된다는 사실은 곧 인식의 좌절, 사고의 정지를 의미하기 때문입니다.

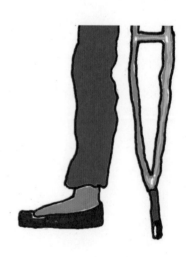

걷
고
싶
다

옥뜰에 서 있는 눈사람
연탄 조각으로 가슴에 박은 글귀가 섬뜩합니다.
'나는 걷고 싶다.'
있으면서도 걷지 못하는 우리의 다리를 깨닫게 하는 그 글
귀는 단단한 눈뭉치가 되어 이마를 때립니다.

햇볕 두 시간

추운 겨울 독방
무릎에 올려 놓은
신문지 크기의 햇볕 한 장
무척 행복했습니다.

2시간의 햇볕 한 장은
생명이 양지 기쁘게 펼쳤습니다.

2시간의 겨울햇볕 한장만으로도
인생은 결코 손해가 아니었습니다.
비록 혹독한 감옥세월이
그 속에 도사리고 있는
삶이라고 하더라도.

225

삶은 사람과의 만남입니다

4부

더
불
어
숲

나무가 나무에게 말했습니다.
우리 더불어 숲이되어 지키자.

서로 높은 외지

229

가슴에 두 손

생각은 가슴이 합니다
가슴에 두손을 얹고 조용히 생각합니다
누구도 머리에 손을 얹고 생각하지 않습니다.

생각이란 잊지 못하는 마음입니다.
가슴에 담는 것입니다.

생각은 애정이며 책임이며 포용입니다
그래서 생각은 가슴 두근거리게 합니다.

우리는 가슴에 손을 얹고 생각해야 합니다
얼마나 많은 사람을 바깥에 세워두고 있는지
얼마나 많은 사람을 가슴아파하고 있는지.

쉬게

'손잡고'와 '더불어'가 'ㅂ'을 공유하고 있습니다.
더불어의 참뜻이 그러합니다.

入
場
의　동
일
함

머리 좋은 것이 마음 좋은 것만 못하고,
마음 좋은 것이 손 좋은 것만 못하고,
손 좋은 것이 발 좋은 것만 못합니다.
관찰보다는 애정이, 애정보다는 실천이,
실천보다는 입장이 더욱 중요합니다.
입장의 동일함, 그것은 관계의 최고 형태입니다.

233

토끼와 거북이가 경주를 했습니다. 걸음이 빠른 토끼는 느
림보 거북이를 앞섰습니다. 앞선 토끼는 거북이를 얕보고
도중에 풀밭에 누워 잠을 잤습니다. 그러다가 그만 지고 말
았습니다. 거북이를 얕보고 잠을 잔 토끼도 나쁘지만 잠든
토끼 앞을 살그머니 지나가서 이긴 거북이도 나쁩니다. "토
끼야 일어나! 깨워서 함께 가는 친구가 되자."

한솥밥

대문을 열어 놓고 두레상에 둘러앉아 한솥밥을 나누는 정경은 지금은 사라진 옛 그림입니다. 솥도 없고, 아궁이도 없습니다. 더구나 두레상이 없습니다. '한솥밥'은 되찾아야 할 삶의 근본입니다. 평화(平和)는 밥을 고르게 나누어 먹는 것에서 시작됩니다. 쌀(禾)을 고루 나누어(平) 먹는(口) 것이 '平和'의 뜻이기 때문입니다.

콜로세움은 맹수와 맹수, 사람과 맹수 그리고 사람과 사람이 혈투를 벌이던 로마의 원형 경기장입니다. 이 경기장에서 혈투를 벌이다 죽어간 검투사들의 환영이 마음 아프게 합니다. 그러나 그에 못지않게 우리의 마음을 암울하게 하는 것은 스탠드를 가득 메운 5만 관중의 환호 소리입니다. 인구 100만이던 로마에 5만 명을 수용할 수 있는 엄청난 규모의 콜로세움은 과연 그 영향력의 크기를 짐작케 합니다. 빵과 서커스와 혈투에 열광하던 이 거대한 공간을 우리는 무슨 이름으로 불러야 할지 막막하기만 합니다. 그리고 더욱 마음을 어둡게 하는 것은 로마 유적에 대한 관광객들의 그치지 않는 탄성입니다. 이러한 탄성이 바로 제국에 대한 예찬과 정복에 대한 동경을 재생산해 내는 장치가 되기 때문입니다. 위용을 자랑하는 개선문은 어디엔가 만들어 놓은 초토(焦土)를 보여 줍니다. 개선장군은 모름지기 상례(喪禮)로 맞이해야 한다는 『노자』(老子)의 한 구절이 생각납니다. 그리고 생각하게 됩니다. 로마제국은 다만 과거의 고대 제국일 뿐인가? 그리고 지금도 우리를 잠재우는 거대한 콜로세움은 없는가?

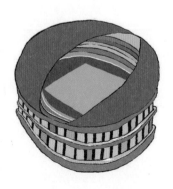

화
이
부
동

차이를 존중하고 다양성을 포용하는 공존의 철학이 화(和)
입니다. 반대로 모든 것을 자기중심으로 동화하려는 패권의
논리가 동(同)입니다. 화이부동(和而不同)은 공존과 평화의
원리입니다.

더
불
어

한
길

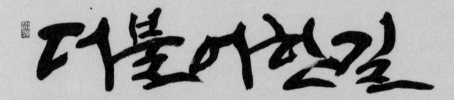

더불어한길

배운다는 것은 자기를 낮추는 것이다. 가르친다는 것은 다만
희망에 대하여 이야기하는 것이다. 사랑한다는 것은
서로 마주보는 것이 아니라 같은 곳을 함께 바라보는 것이다.

신 지

여럿이 함께

'여럿이 함께'라는 글 속에는 방법만 있고 목표가 없다는 지적을 받았습니다. 그러나 목표는 '함께' 속에 있습니다. 우리들이 지향해야 할 목표는 외부에 있는 것이 아니라 우리들 속에 있습니다. '여럿이 함께'는 목표에 이르는 방법이면서 동시에 목표 그 자체입니다. 여럿이 함께 가면 길은 뒤에 생겨나는 법입니다. 먼저 목표를 세우고 그 목표로부터 당면의 실천적 과제를 받아 오는 이른바 건축 의지(建築意志)는 거꾸로 된 구조입니다. 목표와 성과에 매달리게 하고 그에 이르는 전 과정을 수단화하고 황폐화합니다. 설계와 시공은 부단히 통일되어야 합니다. '여럿이 함께'는 방법이면서 목표입니다.

그 빛에 화(和)하고 그 먼지를 함께한다. ―『도덕경』56장

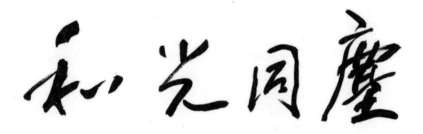

병立

241

衆志動天
중지동천

"많은 사람들의 뜻이 모이면 하늘도 움직일 수 있다."
중지(衆志)가 곧 하늘의 뜻이라고 읽어야 옳습니다.
왕보다는 사직(社稷)이,
사직보다는 민(民)이 더 중하기 때문입니다.

나눔이라는 것은 마음을 건네는 것입니다.
서울병원 신 진

나
눔

우리가 나눌 수 있는 것은 나눔으로써 반으로 줄어드는 것이 아니라 나눔으로써 두 배로 커지는 것에 국한될 수밖에 없습니다. 그런 점에서 나눔은 사랑이어야 하고 모임은 봉사이어야 합니다. 사랑과 봉사, 그것은 조금도 상실이 아니기 때문입니다. 그리고 사랑과 봉사야말로 한없이 인간적인 것이기 때문입니다. 우리 사회의 재물을 더 풍성하게 하고 우리를 더욱 아름답게 가꾸어 주는 것이기 때문입니다. 그리고 그것은 우리 사회를 그 구조에서부터 가꾸어 주는 것이기 때문입니다.

너른
마당

너른 마당이란 대문이 열려 있는 마당입니다. 대문이 열려 있으면 마당과 골목이 연결됩니다. 그만큼 넓어집니다. 그러나 열린 마당은 공간의 의미를 넘어서 소통과 만남의 장 (場)이 됩니다. 사람의 경우도 이와 다르지 않습니다.

너른마당

열린 대문 너른마당 두레상 한솥밥 삼개나루 쇠귀

우
직
함

세상 사람들은 현명한 사람과 어리석은 사람으로 분류할 수 있다고 합니다. 현명한 사람은 자기를 세상에 잘 맞추는 사람인 반면에, 어리석은 사람은 그야말로 어리석게도 세상을 사람에게 맞추려고 하는 사람입니다. 그러나 역설적인 것은 세상은 이런 어리석은 사람들의 우직함으로 인하여 조금씩 나은 것으로 변화해 간다는 사실입니다.

바다

바다는 모든 시내를 받아들입니다. 그래서 이름이 '바다'입니다. 바다는 세상에서 가장 낮은 물입니다. 그러나 세상에서 가장 큰 물입니다. 바다가 물을 모으는(能成其大) 비결은 자신을 가장 낮은 곳에 두는 데에 있습니다. 연대(連帶)는 낮은 곳으로 향하는 물과 같아야 합니다. 낮은 곳, 약한 곳으로 향하는 하방연대(下方連帶)가 진정한 연대입니다.

先憂後樂

先天下之憂而憂 後天下之樂而樂歟 '非古

先憂後樂

선우후락

"먼저 걱정하고 나중에 즐거워한다"는 뜻으로 범희문(范希文)의 「악양루기」(岳陽樓記)에서 성구(成句)한 것입니다. 「악양루기」를 좀 더 길게 인용하면 다음과 같습니다.

"높이 묘당(廟堂)에 나아가면 그 백성을 걱정하고, 멀리 강호(江湖)에 물러나서는 그 임금을 걱정한다. 나아가도 걱정이요 물러나도 걱정이다. 그렇다면 언제 즐거워할 것이랴? 천하의 모든 사람이 걱정하기에 앞서 걱정하고 천하의 모든 사람이 즐거워한 뒤에 즐거워할 것이다. 아, 이런 사람이 없다면 나 누구와 더불어 돌아갈 것인가?"

250

광화문 네거리에 서 있는 충무공 동상 속에는 이순신 장군이 없습니다. 이순신 장군은 무거운 구리 옷을 벗어 버리고 한산섬 앞바다에 서 있었습니다. 바람에 옷자락 날리며 수많은 사람들의 한복판에 서 있었습니다. 인간 이순신의 생환(生還)입니다. 사람들의 머리 위에 서 있는 우상(偶像)은 사람들을 격려하기보다는 더 많은 사람들을 좌절하게 합니다. 진정한 천재와 위인(偉人)은 사람들의 한복판에 서 있어야 합니다. 가장 강한 사람은 가장 많은 사람들의 역량을 이끌어 내는 사람이며, 가장 현명한 사람은 가장 많은 사람들의 말을 귀담아 듣는 사람이기 때문입니다.

김유신의 말은 천관녀 집 문 앞에서 목이 잘렸습니다.
과거의 답습이 불러온 비극입니다.

탁
과
족

차치리(且置履)라는 사람이 신발을 사러 가기 위하여 발의 크기를 본으로 떴습니다. 그 본을 탁(度)이라 합니다. 그러나 막상 시장에 갈 때는 깜박 잊고 탁을 집에 두고 갔습니다. 신발 가게 앞에 와서야 탁을 집에다 두고 온 것을 깨닫고는 탁을 가지러 집으로 되돌아갔습니다. 탁을 가지고 다시 시장에 도착했을 때는 이미 장이 파하고 난 뒤였습니다. 그 사연을 들은 사람들이 말했습니다. "탁을 가지러 집까지 갈 필요가 어디 있소. 발로 신어 보면 될 일이 아니요?" 차치리가 대답했습니다. "아무려면 발이 탁만큼 정확하겠습니까?"

주춧돌부터 집을 그리던 그 노인이 발로 신어 보고 신발을 사는 사람이라면 나는 탁을 가지러 집으로 가는 사람이었습니다. 탁(度)과 족(足), 교실과 공장, 종이와 망치, 의상(衣裳)과 사람, 화폐와 물건, 임금과 노동력, 이론과 실천…… 이러한 것들이 뒤바뀌어 있는 우리들의 생각을 다시 한 번 돌이켜보게 하였습니다.

몸
움
직
여

몸을 움직여 사는 사람은 쓰임새가 헤픈 반면에,
돈을 움직여 사는 사람은 쓰임새가 여물다고 합니다.
그러나 헤프다는 사실 속에는 헤플 수밖에 없는
대단히 중요한 까닭이 있습니다.
첫째, 노동에 대한 신뢰입니다.
일해서 벌면 된다고 생각하기 때문입니다.
그리고 또 한 가지는 인간관계입니다.
노동은 대개 여럿이 함께하는 것이어서
인간관계가 끈끈하기 때문입니다.
더불어 일하고 더불어 써야 할 일이 많기 때문입니다.
몸 움직여 사는 사람이 헤프다는 것은
이를테면 구두가 발보다 조금 크다는
합리적인 필요 그 자체일 뿐
결코 인격적 결함이라 할 수 없습니다.
헤프다는 것은 스스로의 역량을 신뢰하고
더불어 살아가는 삶을 당연하게 여긴다는 점에서
오히려 지극히 인간적인 품성이라고 해야 할 것입니다.

종이
비
행
기

사상은 실천됨으로써 완성되는 것입니다.

생활 속에서 실천된 만큼의 사상만이 자기 것이며,

그 나머지는 아무리 강론하고 공감하더라도

결코 자기 것이 될 수 없습니다.

하물며 지붕에서 날리는 종이비행기가

그의 사상이 될 수는 없습니다.

우리의 깨달음은 결국 각자의 삶과 각자의 일 속에서 길어 올려야 할 것입니다. 그나마도 단 한 번의 깨달음으로 얻을 수 있다는 안이함도 버려야 할 것입니다. 모든 깨달음은 오늘의 깨달음 위에 다시 내일의 깨달음을 쌓아 감으로써 깨달음 그 자체를 부단히 높여 나가는 과정의 총체일 뿐이라 믿습니다.

우리는 두 개의 오래된 세계 인식틀을 가지고 있습니다. 문사철(文史哲)과 시서화(詩書畵)가 그것입니다. 흔히 문사철은 이성 훈련 공부, 시서화는 감성 훈련 공부라고 합니다. 문사철은 고전문학, 역사, 철학을 의미합니다. 어느 것이나 언어·개념·논리 중심의 문학서사 양식입니다. 우리의 강의가 먼저 시에 관해서 이야기를 하는 까닭은 우리의 생각이 문사철이라는 인식틀에 과도하게 갇혀 있기 때문입니다. 우리의 사고는 언어로 구성되어 있는 것이 사실입니다. 소쉬르의 언어구조학이 그것을 밝혀 놓고 있습니다. 그러나 언어라는 그릇은 지극히 왜소합니다. 작은 컵으로 바다를 뜨는 것이나 마찬가지입니다. 컵으로 바닷물을 뜨면 그것이 바닷물이긴 하지만 이미 바다가 아닙니다.

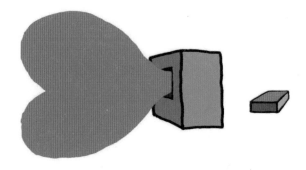

푸코의 주체

미셸 푸코가 지적하듯이, 자유로운 영혼이 근대사회를 구성하는 감옥, 군대, 병원, 학교, 공장의 모든 시스템을 통과하면 반듯하고 조그마한, 계량화되고 규격화된 주체가 됩니다. 지금은 포섭 기제가 굉장합니다. 옛날에는 물리적 강제로 사람들을 규제했지만 지금은 그런 규제가 없습니다. 대단히 자유롭습니다. 감성 자체를 포획해 버립니다.

탈
문
맥

자유롭고 올바른 생각을 키우기 위해서는 우리가 갇혀 있
는 문맥(文脈)을 벗어나야 합니다. 문맥을 벗어나기 위해서
는 무엇보다 먼저 우리가 갇혀 있다는 사실을 깨달아야 합
니다. 그러나 어느 시대에나 당대의 문맥을 깨닫는 것은 대
단히 어렵습니다. 중세 사람들은 중세 천년 동안 마녀 문맥
을 깨닫지 못했습니다. 우리를 가두고 있는 우리 시대의 문
맥을 깨달아야 합니다. 탈문맥(脫文脈)과 탈주(脫走), 이것
은 어느 시대에도 진리입니다.

조르조 아감벤의 '호모 사케르'(Homo sacer)라는 개념이 있습니다. '호모 사케르'는 '벌거벗은 생명'이란 뜻으로 주권 권력이 죽여도 죄가 안 되는 정치 외적 존재입니다. 제물입니다. 2차대전 당시 아우슈비츠의 유대인이 그 전형이었습니다. 그러나 후기 근대가 되면서 호모 사케르는 다시 되살아나고 있습니다. 피로사회의 성과 주체가 벌이는 자기 착취를 선명하게 부각시키는 개념으로 되살아나고 있습니다. 사실은 주권 권력이 권력 외부로 추방하여 살해하는 호모 사케르는 역사적으로 사라진 적이 없다고 해야 합니다. 우리 사회가 약자에게 얼마나 포악한지에 대해서 모르지 않을 것입니다. 달라진 것은 없습니다. 그런 점에서 호모 사케르는 항상 현재진행형입니다. 보다 정교화된 형태로 진화하고 있을 뿐입니다.

망
치

공부는 망치로 합니다.

갇혀 있는 생각의 틀을 깨뜨리는 것입니다.

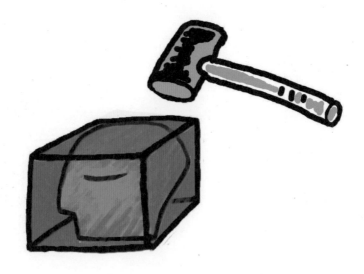

공
부

공부의 옛글자는
사람이 도구를 가지고 있는 모양입니다.
농사지으며 살아가는 일이 공부입니다.

공부란 삶을 통하여 터득하는
세계와 인간에 대한 인식입니다.
그리고 세계와 인간의 변화입니다.

공부는 살아있는 모든 생명의 존재형식입니다
그리고 생명의 존재형식은 부단한 변화입니다.

쉬 정

가장 먼 여행

생각하면 여행만 여행이 아니라
우리의 삶 하루하루가 여행이라고 생각합니다.
소통과 변화는 모든 살아 있는 생명의 존재 형식입니다.
부단히 만나고,
부단히 소통하고,
부단히 변화하는 것이
우리의 삶입니다.

일생 동안의 여행 중에서
가장 먼 여행은 머리에서 가슴까지의 여행이라고 합니다.
머리 좋은 사람과 마음 좋은 사람의 차이,
머리 아픈 사람과 마음 아픈 사람의 거리가
그만큼 멀기 때문입니다.

그러나 또 하나의 가장 먼 여행이 남아 있습니다.
가슴에서 발까지의 여행이 그것입니다.
발은 여럿이 함께 만드는 삶의 현장입니다.
수많은 나무들이 공존하는 숲입니다.

머리에서 가슴으로, 그리고
가슴에서 다시 발까지의 여행이 우리의 삶입니다.
머리 좋은 사람이 마음 좋은 사람만 못하고,
마음 좋은 사람이 발 좋은 사람만 못합니다.

책은 반드시 세번 읽어야합니다.
먼저 텍스트를 읽고
다음으로 그 필자를 읽고
그리고 최종적으로는
그것을 읽고있는 독자 자신을 읽어야합니다.

모든 필자는 당대의 사회역사적 토대에
발딛고 있습니다. 그렇기 때문에
필자를 읽어야합니다.
독자 자신을 읽어야하는 까닭도 마찬가지입니다.

독서는 새로운 탄생입니다
필자의 죽음과 독자의 탄생으로 이어지는
끊임없는 탈주 脫走 입니다.

진정한 독서는 삼독입니다.

讀書三讀

독서 삼독입니다. 텍스트를 읽고 필자를 읽고 최종적으로는
독자 자신을 읽어야 합니다.

신영복

콜럼버스의 달걀

아무도 달걀을 세우지 못했지만 콜럼버스 혼자 달걀을 깨뜨려 세웠습니다. 지금도 예찬되는 '발상의 전환'이 콜럼버스의 달걀입니다. 500년 동안 군림하고 있는 살아 있는 전설입니다. 그러나 우리는 생각해야 합니다. 달걀을 세우지 못한 사람들은 그것이 살아 있는 생명이기 때문에 차마 깨뜨리지 못했다는 사실을 잊어서는 안 됩니다. 콜럼버스의 달걀은 발상의 전환이 아니라 생명에 대한 잔혹한 폭력입니다. 과연, 콜럼버스 이후 세계의 곳곳에서 생명이 깨뜨려지고 있습니다. 이처럼 잔혹한 역사에도 불구하고 콜럼버스는 지금도 살아 있습니다.

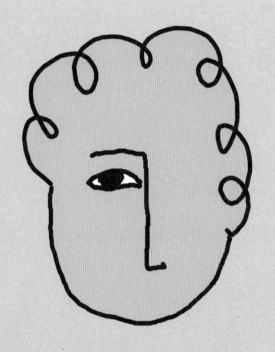

우리 아파트에서 있었던 이야기입니다. 근사한 로펌 변호사
가 있었습니다. 지금은 이사 갔습니다. 키도 크고 미남이기
도 한 중견 변호사였는데 가끔 베란다에서 그가 출근하는
광경을 봅니다. 자동차도 좋고 운전기사도 젊은 미남입니다.
겨울에는 자동차를 예열해 두고 기다렸다가 변호사가 나오
면 얼른 뒷문을 열어 맞이합니다. 좋은 승용차여서 차문 닫
히는 소리도 부드럽습니다. 나뿐 아니라 아파트의 많은 아
주머님들에게 좋은 인상을 받고 있었습니다. 그런데 문제가
있었습니다. 그 변호사의 부인이 남편만큼 근사하지 않다는
사실이었습니다. 키도 크지 않고 미인형이 아니었습니다. 낮
에는 추리닝 차림에 슬리퍼 신고 다니는 모습도 보였습니
다. 아파트의 많은 아주머니들이 고민했습니다. 부인 쪽이
몹시 기운다는 생각이었습니다.

얼마 후에 들리는 소문에 의하면 결론을 내린 것 같았습니다. 결론인즉 '그 부인의 친정이 굉장히 부자인가보다'라는 것이었습니다. 부부 관계 역시 등가 관계로 인식하는 우리의 사고방식을 보여 주는 사례입니다. 그것이 바로 우리가 상품문맥에 갇혀 있다는 증거입니다. 아파트 아주머니들의 생각으로는 친정이 부자이기 때문에 부부의 등가 관계가 성립되는 것이었습니다. 문제는 부부 관계마저도 상대적 가치 형태로 인식한다는 사실입니다. 인간적 가치로 판단하지 않는 우리의 의식 형태입니다. 그리고 하필이면 '친정이 부자인가보다'라는 생각입니다. 가장 인간적이어야 할 인간관계마저도 화폐 가치로 인식하는 우리의 천민적 사고입니다. 그 두 사람은 학창 시절 운명적인 사랑을 했을 수도 있습니다. 그 부인이 뛰어난 작가이거나 아니면 따뜻한 품성의 소유자일 수도 있습니다. 우리로서는 상상할 수 없는 인연의 사람일 수도 있습니다. 이 모든 인간적 품성이 제거되고 있습니다. 이처럼 상품사회의 문맥이 보편화되어 있는 경우 인간적 정체성은 소멸됩니다. 등가물로 대치되고 상대적 가치 형태로 존재합니다. 상품 사회의 인간의 위상이 이와 같습니다. 인간 역시 상품화되어 있습니다.

세월호의 참사는 하부의 평형수를 제거했기 때문입니다.
과적 증축 정원초과 등 상부의 과도한 무게에 비하여
하부의 중심重心이 허약하였기 때문입니다.
이러한 교훈에도 불구하고 여전히 상부를 증축하는
감시권력의 강화에 열중하고 있습니다.
사회의 경우도 다르지 않습니다. 하부의 중심이 든든해야 합니다.
하부는 서민들의 삶이며 그것을 지키려는 민중운동입니다.
이러한 서민들의 의지를 억압하고 상층권력을 강화하는 것은
평형수를 제거하고 또다른 세월호를 만들어 내는 것입니다.

신영

대학에 들어간 지 꼭 1년 만에 4·19가 일어났습니다. 그것은 엄청난 감동이자 충격이었습니다. 처음에는 '부정선거 다시 해라' '자유당 정권 물러가라' 정도에 약간의 민족주의적 감정이 가미된 정도였지만, 세상이 바뀐 것을 경험한다는 것은 큰 감동이었습니다. 4·19에서 5·16까지 비록 1년여의 짧은 기간이었지만 푸른 하늘을 보았다는 것은, 그것을 직접 보았을 때의 그 감동은 지금까지 그를 지탱시켜 준 중요한 원동력이었습니다.

4·19는 그야말로 "총탄이 이마를 뚫고 지나간 혁명"이었습니다. 비록 독일어 원어를 교재로 썼지만 『자본론』 강독이 정식 과목으로 개설되기도 했고, 학생들은 「공산당 선언」 같은 문건을 번역해서 세미나를 시작했습니다. 한국전쟁으로 완전히 초토화된 지식사회에 새싹이 트기 시작한 것입니다.

그리고 5·16이 왔습니다. 처음에는 지주 아들 윤보선과 가난한 소작농 아들 박정희를 대비시키기도 하고, 박정희의 좌익 경력을 이야기하며 기대감을 표시하기도 했다고 합니다. 그러나 이른바 혁명재판소를 만들어 『민족일보』 조용수 사장 등을 사형시키는 등 사태 진전을 보니 박정희는 영락없이 "권총 찬 이승만"일 수밖에 없었습니다. 그리고 배후에는 미국이라는 외세가 있었습니다. 그 거대한 힘이 4·19를 누르고 있었습니다.

4·19의 감동 속에 총알은 우리의 이마를 뚫고 지나갔다고 진보적 청년들은 생각했지만, 5·16의 현실 속에서 그들은 다시 깨달았습니다. 총알은 모자만 뚫고 지나갔다고! 5·16이 무너뜨린 것은 무능한 장면 정권만이 아니었습니다. 5·16이 진정 짓밟은 것은 4·19 이후 돋아나기 시작한 통일운동, 노동운동 등 각 부문 운동의 새싹이었습니다. 해방 정국에서 변혁적 운동의 복원이라는 의미의 4·19가 군부 세력에 의해 짓밟힌 것이 5·16이었던 것입니다.

패권의 본질은 힘입니다. 그러나 힘은 내부의 위험도 동시에 키운다는 것이 힘의 역설입니다. 그리고 패권주의는 역사 해석에 있어서도 패권적이지 않을 수 없습니다. 역사는 과거와 부단히 대화하면서 성장할 때 진정한 역사적 뿌리를 내리게 됩니다. 그러나 패권주의는 대화하지 않습니다. 무인지경에 자기를 심어 나가는 오만함의 극치를 보여 주는 것이 바로 패권주의의 얼굴입니다. 그러나 패권주의의 가장 결정적인 모순은 모든 가치가 크기, 높이, 무게와 같은 양(量)으로 환원된다는 사실입니다. 오직 양으로서만 존재함으로써 질(質) 그 자체가 소멸한다는 사실입니다. 따라서 패권은 본질이 소멸된다는 사실입니다.

외
세
뒷
배

청
년
시
절

한 사람의 일생에서 청년 시절이 없다는 것은 비극입니다. 아무리 성공한 인생이라고 하더라도 꿈과 이상을 불태웠던 청년 시절이 없다면 그 삶은 실패입니다. 청년 시절은 꿈과 이상만으로도 빛나는 시절입니다. 그러나 우리 사회의 청년들에게는 청년 시절이 없습니다. 가슴에 담을 푸른 하늘이 없습니다. 부모님들은 IMF와 금융위기 때 실직하였고 지금은 수험 준비와 스펙 쌓기 알바와 비정규직이라는 혹독한 처지에 놓여 있습니다. 진리와 희망을 이야기하기보다는 부정한 정치권력과 천박한 상업문화를 배워야 하고, 우정과 사랑을 키우기보다는 친구를 괴롭히거나 친구로부터 괴롭힘을 당하며 좌절하고 있습니다. 사회의 뿌리가 사람이고, 사람의 뿌리가 청년 시절에 자라는 것이라면 우리 사회의 청년들이 직면하고 있는 오늘의 현실은 한 개인의 불행이 아니라 사회의 비극입니다. 그 사회가 아무리 높은 빌딩을 세우더라도 꿈과 이상이 좌절되고 청년들이 아픈 사회는 실패입니다.

사일이와 공일이

언젠가 고향에 갔을 때 이야기입니다. 공부 잘한다는 큰집 조카가 왔는데 당신이 무식한 것이 마음에 걸렸던가 봅니다. 나를 데리고 정자나무 아래로 갔습니다. 거기 정자나무 밑에 럭비공같이 생긴 '들돌'이 놓여 있었습니다. 럭비공 모양이지만 크기는 럭비공보다 훨씬 컸습니다. 이 돌을 들어서 어깨 위로 넘기면 마을에서 한 사람의 일꾼으로 인정해주는 일종의 통과의례 용구였습니다. 나더러 그 돌을 들어보라고 했습니다. 중학교 1학년 주제에, 땅에서 떼지도 못했습니다. 삼촌은 그 돌을 무릎 위로 그리고 가슴께까지 들어올려 보였습니다. 젊었을 때는 이걸 어깨에 메고 정자나무를 한 바퀴 돌았다고 자랑했습니다. 그런 다음 한자로 당신 이름을 땅바닥에 썼습니다. 힘자랑만으로는 부족하다고 생각했던가 봅니다. 삼촌의 이름 자 중에 목숨 수(壽) 자가 있습니다. 목숨 수 자는 획이 복잡합니다. 목숨 수 자를 땅바닥에 쓰면서 무슨 노래를 흥얼거렸습니다. 그때는 그것이 무슨 노래인지 몰랐습니다. 나중에 내가 한문 공부 하면서 알게 되었는데, 그 노래는 목숨 수 자를 기억하기 위한 노래였습니다. 노래 가사는 대충 "사일(士一)이하고 공일(工一)이는 구촌(九寸)간"이라는 것이었습니다. 내가 그 노래의 의미를 알고 나서 생각했습니다. 사일이가 지식인이고, 공일이가 노동자라면 9촌간이면 촌수가 너무 멀다. 2촌 정도가 좋지 않을까. 지금도 그런 생각입니다.

신호등

신호등을 안 본 분은 없을 겁니다. 보통 신호등인데, 빨간불, 노란불, 화살표, 파란불에서 다 갈 수 있는 방향이 우회전입니다. 우회전은 언제든지 해요. 좌회전은 반드시 화살표를 받아서 가야 됩니다. 우리 사회의 개혁과 진보의 위상이 이와 같지 않은가? 저는 버스를 타고 가다가 신호등을 볼 때마다 그 생각을 합니다. 이거구나. 이거구나. 이게 우리 현실입니다.

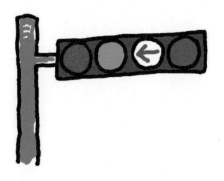

그
림
자

추
월

경쟁과 속도는 좌절로 이어집니다.
그림자를 추월하려는 것과 같습니다.

초등학교를 방문했을 때 떠올랐던 기억 속의 그림입니다. 그러나 교실 복도에서 이러한 벌을 받던 기억을 가진 사람이 나만은 아닐 것입니다. 머리 위로 의자를 들고 서 있는 모습은 참으로 역설적인 그림입니다. 어릴 때는 의자의 무게를 조금이라도 줄이는 방법을 궁리하기에 급급했지만 그러나 지금은 '머리 위의 의자'야말로 우리의 초상이라는 사실을 깨닫게 됩니다. 의자를 만든 까닭은 그 위에 편히 앉기 위함입니다. 그러한 의자를 머리 위로 치켜들고 있다는 것은 사람과 의자의 처지가 뒤바뀐 거대한 역설입니다. 거꾸로 된 이야기입니다. 자기가 만든 생산물로부터 소외되고 있으며, 자기가 선임한 권력으로부터 억압당하고 있으며, 그리고 채워도 채워도 가시지 않는 욕망의 노예가 되어 갈증에 목말라하는 우리의 모습이기도 합니다. 현대사회를 살아가고 있는 인간의 위상(位相)이 이와 다르지 않습니다.

죽은 시인의 사회

영화 〈죽은 시인의 사회〉의 마지막 부분에 감동적인 장면
이 나옵니다. 학교를 떠나는 존 키팅 선생과 책상 위에 올라
서서 선생을 배웅하는 학생들의 모습입니다. 공부란 무엇인
가? 공부란 책상 앞에 앉아서 텍스트를 읽고 밑줄을 그어 암
기하는 것이 아닙니다. 책상 위에 올라서서 더 멀리, 더 넓게
생각하는 것이 진정한 공부입니다. 책상은 그것을 위한 디
딤돌일 뿐입니다. 모든 시대의 책상은 당대 사회의 지배 이
데올로기를 주입하는 장치입니다. 책상 위에 올라서는 것은
'독립'입니다. 새로운 시작입니다. 변화와 저항입니다. 그리
고 "저항이야말로 창조이며, 창조야말로 저항입니다."

사
람
마
다

벼
슬

"사람마다 벼슬하면 농부 될 이 누가 있나."
농부 없이 살 수 없음은 물론입니다.

사
제

우리는 누군가의 제자이면서 동시에 누군가의 스승으로 살아갑니다. 가르치고 배우는 삶의 연쇄(連鎖) 속에서 자신을 깨닫게 됩니다.

등산 가족

非我當師

非我而當者吾師 是我而當者吾友. 午亭

非我當師
비아당사

나를 올바로 꾸짖어 주는 자는 나의 스승이고,
나를 올바로 인정해 주는 자는 나의 벗이다. —『순자』

289

교
와
고

갈수록 글씨가 어려워져 쉽게 붓을 잡지 못합니다. 답보에 대한 불만과 변화의 충동 때문에 더욱 그렇습니다. 무리하게 변화를 시도하면 자칫 교(巧)로 흘러 아류(亞流)가 되기 쉽고, 반대로 방만한 반복은 자칫 고(固)가 되어 답보하기 때문입니다.

교(巧)는 그 속에 인생이 담기지 않은 껍데기이며, 고(固)는 자기를 기준으로 삼는 아집에 불과한 것이고 보면 역시 그 중(中)을 잡음이 요체라 하겠습니다. 그러나 서체란 어느덧 그 '사람'의 성정이나 사상의 일부를 이루는 것으로 결국은 그 '사람'과 함께 변화·발전해 가는 것이 틀림없음을 알겠습니다.

水難海觀

관해난수

"바다를 본 사람은 물을 말하기 어려워합니다."
(觀於海者難爲水)
큰것을 깨달은 사람은 아무리 사소한 것이라도 함부로 이야
기하기 어려운 법입니다.

대교약졸

뛰어난 기교는 마치 어리석은 듯합니다. 대교약졸(大巧若拙)이 가장 분명하게 드러나는 곳이 바로 서도(書道)입니다. 서도의 격조는 교(巧)에서 나오는 것이 아니라 졸(拙)에서 나오기 때문입니다. 졸 그 자체가 기(氣)가 되고 향(香)이 됩니다. 어린아이로 되돌아가는 환동(還童)을 서도의 으뜸으로 칩니다. 어수룩함은 보는 사람들로 하여금 자기도 그렇게 쓸 수 있겠다는 자신감을 갖게 하고 격려합니다. 인간에 대한 예의를 갖춘 최고의 예술입니다.

서
도
관
계
론

붓글씨를 쓸 때 한 획(劃)의 실수는 그 다음 획으로 감싸고, 한 자(字)의 실수는 그 다음 자 또는 다음다음 자로 보완합니다. 마찬가지로 한 행(行)의 결함은 다음 행의 배려로 고칩니다. 이렇게 하여 얻어진 한 폭의 서예 작품은 실수와 보상과 결함과 사과로 점철되어 있습니다. 그 속에는 서로 의지하고 양보하며 실수와 결함을 감싸 주는 다사로운 인정이 무르녹아 있습니다.

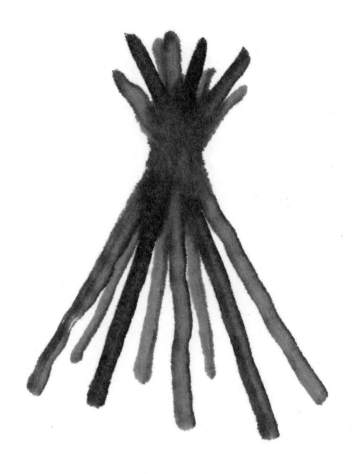

'사람'으로 읽어도 좋습니다. 그리고 '삶'으로 읽어도 좋습니다.

사람의 준말이 삶이기 때문입니다.

우리의 삶은 사람과의 만남입니다.

우리가 일생 동안 경영하는 일의 70%가 사람과의 일입니다.

좋은 사람을 만나고 스스로 좋은 사람이 되는 것이

나의 삶과 우리의 삶을 아름답게 만들어 가는 일입니다.

관
계

소혹성에서 온 어린왕자는 '길들인다는 것은 관계를 맺는 것'이라고 합니다. 그러나 관계맺음이 없이 길들이는 것이나 불평등한 관계로 길들여지는 것은 본질에 있어서 억압입니다. 관계맺음의 진정한 의미는 공유입니다. 한 개의 나무의자를 나누어 앉는 것이며, 같은 창문에서 바라보는 것이며, 같은 언덕에 오르는 동반입니다.

소를 양으로 바꾼 이유는 양은 보지 못했고 소는 보았기 때
문이라는 것이 맹자의 해석이었습니다. 우리가 이 대목에서
생각하자는 것은 '본 것'과 '못 본 것'의 엄청난 차이에 관한
것입니다. 생사가 갈리는 차이입니다. 본다는 것은 만남입니
다. 보고, 만나고, 서로 아는, 이를테면 '관계'가 있는 것과 '관
계'가 없는 것의 엄청난 차이에 대한 것입니다.

春陽時雨

其接物也如春陽之溫 其入人也如時雨之潤

春陽時雨

춘양시우

그 얼굴빛을 보면 사람과 관계 맺는 게 봄볕의 따사로움과 같았고, 그 말을 들어 보면 사람에게 파고드는 게 단비의 윤택함 같았다. ─『근사록』

人無下天

세상에 남이란 없다

천
하
무
인

세상에 남이란 없습니다(天下無人). 네 이웃 보기를 네 몸 같이 하라는 까닭입니다. 그러나 근대사는 타자화(他者化)의 역사입니다. 사람과 사람의 관계를 보지 못하고, 인간과 자연의 관계를 보지 못하고 인간을 타자화하고 자연을 대상화(對象化)해 온 역사였습니다.

300

지속성이 있어야 만남이 있고,
만남이 일회적이지 않고 지속적일 때
부끄러움(恥)이라는 문화가 정착되는 것입니다.
지속적인 관계가 전제될 때
비로소 서로 양보하게 되고 스스로 삼가게 되는 것이지요.
한마디로 남에게 모질게 할 수가 없는 것이지요.
지속적인 인간관계가 없는 상태에서는
어떠한 사회적 가치도 세울 수 없다고 생각합니다.

정
본

『논어』「안연편」(顔淵篇)에 "정치란 바르게 하는 것"(政者 正也)이란 구절이 있습니다. 무엇을 바르게 하는 것이 정치 인가. 뿌리(本)를 바르게 하는 것이 정치라는 뜻입니다. 우 리는 다시 묻지 않을 수 없습니다. 뿌리란 무엇인가. 두말할 필요가 없습니다. 사람이 뿌리입니다. 그러나 오늘의 현실 은 그렇지 못합니다. 오히려 사람을 거름으로 삼아 다른 것 을 키우고 있는 형국이 아닐 수 없습니다. 사람을 키우는 일 이야말로 정치가 해야 할 일의 전부입니다. 엽락(葉落) 체로 (體露)에 이어 뿌리를 바르게 하는 정본(正本)과 뿌리를 거 름하는 분본(糞本)이 곧 정치의 근본임을 잊지 말아야 합니 다. 그리고 더욱 중요한 것은 사람은 다른 어떠한 가치의 하 위에 둘 수 있는 것이 아니라는 사실입니다. 사람들의 애정 과 신뢰 그리고 저마다의 역량을 키우는 것은 그 자체로서 아름다운 것이며 그렇기 때문에 정치란 그 아름다움을 완성 해 주는 것이어야 합니다.

엽락분본

봄을 위하여 나무는 잎사귀를 떨구어 뿌리를 거름하고 있습니다. 뿌리는 다름 아닌 사람입니다. 사람을 키우는 일이야말로 그 사회를 인간적인 사회로 만드는 일입니다. 사람은 다른 가치의 하위 개념이 아닙니다. 사람이 '끝'입니다. 절망과 역경을 '사람'을 키워 내는 것으로 극복하는 것입니다.

葉落糞本

잎은 떨어져 뿌리의 거름이 됩니다.
신재

'석과불식'(碩果不食)은 "씨 과실은 먹지 않는다"는 뜻입니다. "씨 과실은 먹히지 않는다"는 뜻으로도 읽힙니다. '희망의 언어'입니다.

무성한 잎사귀 죄다 떨구고 겨울의 입구에서 앙상한 나목으로 서 있는 감나무는 비극의 표상입니다. 그러나 그 가지 끝에서 빛나는 빨간 감 한 개는 '희망'입니다. 그 속의 씨가 이듬해 봄에 새싹이 되어 땅을 밟고 일어서기 때문입니다. 그 봄을 위하여 나무는 잎사귀를 떨구어 뿌리를 거름하고 있습니다.

씨 과실은 먹지 않습니다. 겨울을 이기고 새싹으로 돌아나야 합니다.
서울 남플 여기